『내 이름은, 달리아. 쌍검을 수호한다는 뜻이야. 앞으로 한동안 잘 부탁해, 임시 주인 링.』

쌍검의 정령
달리아

녹왕의 방패와 한겨울의 나라 2

서로 힘을 합쳐 크리스털 파편을 지닌
고블린 킹에게 맞선다!

나의 힘을 돌려받겠어——!!

The Shield of the Green King
and the Country
in Eternal Winter

녹왕의 방패와 한겨울의 나라

2

푸니짱
Punichan

표지 · 본문 일러스트
히하라 요우

THE SHIELD OF THE GREEN KING
AND THE COUNTRY
IN ETERNAL WINTER

CONTENTS
2

제1장 광합성과 작은 날개

아무에게도 알리지 말고 비밀 여행을 떠나자.

일 년 내내 겨울에 갇힌 풀페스트^{이 나라}에 숨결을 불어넣기 위해——

봄을 찾으러 여행길에 오른다.

풀페스트 남쪽에 있는 작은 마을. 유복하지 않아 생활의 어려움은 있었지만, 마을 사람들은 이따금 눈이 멎는 상황을 기뻐했다.

"하아, 춥다. 하미아, 괜찮아?"

"방패가 추위를 탈 리 있겠냐!"

나를 걱정하는 말에 링이 옆에서 딴지를 건다. 이제는 늘 일어나는 패턴이 되어서 슬슬 개그 콤비를 결성해도 괜찮을 것 같다는 생각이 든다.

우리는 마을에 하나뿐인 여관에 방을 잡았다.

앞으로 어떻게 할 것인지 의논하는 두 사람을 힐끔 쳐다보았다.

한 명은 이 나라의 제6왕자인 하스티아크 스노우 풀페스트, 14세.

색소가 연한 금발 머리에 금색이 섞인 녹색 눈동자.

누가 보아도 가련한 미소년인 그는 내 주인입니다.

또 한 명은 링, 14세.

아크가 학교에서 친해진 쌍검의 무사.

여행길에 오를 때 따라가겠다며——— 아크와 기사의 맹세를 나눈 믿음직스러운 호위 기사.

그리고 그 두 사람과 함께 있는 나는…… 방패.

앞을 볼 수 없고, 아무것도 들을 수 없고, 몸을 움직일 수 없는
——— 그런 상태인 나를 선택하고 구해 준 사람이 아크다.

아무것도 모르는 나에게 '하미아'라는 이름을 붙여 주고 쭉 함

께 있어 주었다.

나의 소중한 주인님이시며 파트너이다.

방패인 난 스스로 움직일 수 없다. 아크가 없으면 어디에도 갈수 없는 안타까운 형편이지만, 이래 봬도 조금씩 강해지고 있다.

──내가 깨트리고 만 크리스털 파편을 찾으러 가기 위해 지금까지 살았던 왕궁을 떠났다.

두근거리는 마음이 겨우 진정된 것은 첫 목적지였던 이 마을에도착했을 무렵이다.

아, 그렇지.

──시스템을 확인해 보자.

```
《주인》
  하스티아크 스노우 풀페스트

《녹왕의 방패: 시스템 메뉴》
  마력 포인트: 192,500
  장식 등급: Lv.10
  물리 방어력: Lv.16
  마법 방어력: Lv.100
  트랜스: Lv.2
  마력 흡수: ON
  광합성: OFF
  방어 범위 업: ON
```

《마력 포인트 메뉴》

　장식 등급 업: 300

　물리 방어력 업: 300

　마력 방어력 업: 300

　방어 범위 업: 5,000

　마법 공격 마력 흡수 기능 추가: 10,000

　트랜스 기능 추가: 30,000

　절대 방어 기능 추가: 50,000

《사용 가능 시스템》

　마력 대량 흡수

　리플렉트: 1,000

　치유의 결계: 1,000

　트랜스

　　· 미니멈: 10,000

　　· 우산: 2,000

　음음. 좋아.

　나는 다른 사람들에게 조금씩 마력을 흡수해서 그걸 포인트로 쌓는다. 그것을 소비해서 시스템을 사용하거나 레벨을 올린다.

　방어에 특화된 나와 마법 공격을 하는 하스티아크, 즉 아크와 믿음직스러운 호위 기사 링.

　꽤 균형이 잘 잡힌 멤버라고 생각한다. 후후훗.

　내가 시스템을 확인하는데, 아크와 링이 앞으로의 일정을 결정했다.

"일단 남쪽으로 내려가서 이웃 나라로 가자."

"그래야지. 먼저 이 대륙의 최남단을 목표 지점으로 하자."

『좋아, 좋아.』

이 세계의 지리를 잘 모르는 나는 두 사람의 대화를 들으면서 앞으로의 동선을 머리에 집어넣었다.

우리가 있는 이 나라는 풀페스트 왕국.

──일 년 내내 눈이 내리는 한겨울의 나라.

나는 눈이 내리는 이 나라의 구름을 없애 버릴 수 있다. 그 힘은 크리스털 파편에서 얻을 수 있다.

그 힘을 손에 넣어 봄을 불러오고 싶다.

풀페스트에 사는 사람은 대부분 태양을 본 적이 없다. 일 년 내내 구름이 하늘을 덮어서 나라 밖으로 나가지 않으면 태양이나 봄의 따스함을 알 방법이 없다.

향하는 곳은 크리스털의 반응이 나타나는 남쪽이다.

남쪽으로 내려가면 바로 있는 이웃 나라는 노크타티. 이 나라와 달리 연중 눈이 내리는 곳은 아닌 것 같아서 부럽다.

이 나라에는 쉬지 않고 눈이 내리고 있지만, 이웃 나라에는 전혀 내리지 않는다. 도대체 어떻게 생겨 먹은 구조인지는 모르겠지만.

──그래서 우리는 봄을 부르기 위해 크리스털을 찾으러 가는 것이다.

……내가 깨뜨렸지만.

"노크타티는 꽃이 유명해. 위험한 장소에 있긴 하지만, 귀한 약초류도 있어. 의뢰는 거기서 받으면 돼."

링이 지도에 그려진 숲을 손가락으로 톡톡 두드렸다. 모험가로서 돈을 벌었던 경험도 있기에 바깥 사정에 밝다.

『의뢰?』

나는 고개를 갸웃거렸다. 물론 갸웃거릴 고개는 없기에 기분상 그렇다는 거다. 어째서 의뢰를 받아야 하는지 나는 두 사람에게 물었다. 경험을 쌓는다는 의미라면 확실히 공부는 될 것 같다는 생각이 든다.

"응. 하미아를 위해서라면 바로 이동하고 싶지만 자금이 한정적이라. 길드에서 의뢰를 받으면서 여행하려고."

『알겠어!』

세상에!! 생활비를 벌기 위한 의뢰였구나!!

미안하단 말은 내가 해야 할 판이다.

나는 방패라서 돈을 벌 수도 없고 뭔가를 만들어 내는 것 역시 어림도 없다.

『나도 뭔가 할 수 있으면 좋을 텐데…….』

"하미아."

자그마한 내 중얼거림에 아크가 쓴웃음을 지으면서 쓰다듬어 주었다. 그런 건 신경 쓰지 않아도 된다고 말하고 싶은 모양인데, 신경 쓰지 않는 게 더 어렵다.

"뭐야, 방패가 걱정을 다 하잖아? 넌 방패니까 그냥 얌전히 있으라고."

『열 받아! 나도 돈을 벌 수 있었다면 바로 일했을 텐데!!』

일을 할 수 없는 방패라서 분하다.

링은 웃으면서 말했지만 아크는 "그러면 안 돼."라고 말하며 나를 감싸 주었다.

"하미아도 당연히 신경이 쓰일 거야. 의식이 있으니까. 돈을 벌 수 있으면 좋겠다고 말하고 있어."

"흠……."

나는 주인인 아크하고만 대화가 가능하다.

그래서 링에게 말을 할 때는 매번 아크가 전달해 준다.

──모든 사람과 대화할 수 있으면 좋겠는데 말이야.

하지만 꽤나 어려운 일이다.

"귀한 약초라면 비축해 놓는 것도 좋을 것 같아."

"무슨 일이 생길지 모르니 말이야."

아무래도 약초 채집은 결정된 사안 같다고 생각하며 두 사람의 이야기를 들었다.

아크의 상처라면 내 기능으로 치료할 수 있지만, 그걸 사용하려면 마력 포인트가 필요하다. 게다가 링의 상처는 치료할 수 없으니 역시 비축해 두는 것은 중요하다.

하지만 바라건대.

두 사람이 다치지 않으면 좋겠다.

하아암, 링이 하품을 했다. 쉬지 않고 이동해 온 터라 확실히 두 사람도 피로가 쌓였을 것이다.

"슬슬 자야겠어."

"그래. 성에서 보낸 추격대는 없었지만 나는 되도록 빨리 움직이고 싶어."

"그런데 어째서 일까? 추격대가 금방 뒤쫓아올 거라고 생각했는데."

방에 있는 간소한 침대에는 이불과 모포가 준비되어 있었다. 오렌지색이라 따뜻해 보였지만 품질은 너무 형편없었다.

아크가 감기에 걸리지 않으면 좋겠다고, 벌써 몇 번인지 셀 수도 없을 만큼 빌었다. 평소에는 성에서 포근한 모포에 감싸여 잠이 들었으니까.

……아크는 왕자라는 지위였음에도, 성에서 도망치듯 여행길에 나섰다.

아크를 데려가기 위해서 추격대가 올 것이라 생각한 두 사람은 의아해하며 고개를 갸웃거렸다.

제6왕자라서 딱히 없어도 된다고 생각하는 걸까. 아크에게는 형제가 많은데, 위로 다섯 명이나 되는 왕자와 세 명의 공주가 있다.

"뭐, 추격대가 없으면 없는 대로 좋지만."

링이 침대에 벌러덩 드러누웠고 아크도 나를 자기 침대에 눕혀 주었다.

……어?

『좁으니까 나는 저쪽 벽에 세워 놔 줘.』

"방패를 침대에 눕히면 어쩌자는 거야."

"침대여야 해. 하미아는 방패이지만 여자거든."

링이 어이가 없다는 듯 말했지만, 아크는 고개를 저으며 물러서려고 하지 않았다.

나를 무척 소중히 대해 준다고 생각했는데, 여자라서…… 그런 이유 때문이었어?

잠시 인간의 모습으로 변했던 나는 분명 여자였다.

원래 아크는 나를 넓은 침대에 눕혀 함께 잠을 잤었다. 여자로 변했던 나를 본 후로는 전용 바구니를 준비해서 그곳에서 잘 수 있도록 해 주었지만. 이곳에는 바구니가 없으니까.

"방패가 무슨 레이디 퍼스트야, 이상하잖아."

"하나도 이상하지 않아. 하미아는 나의 소중한 파트너니까."

하지만 역시 방패를 대하는 태도는 아니다.

……역시 나의 왕자님이라고 해야겠지. 나는 멋쩍게 웃으면서 두 사람이 잠드는 것을 지켜보았다.

이튿날이 되어 우리는 아침 일찍 숙소를 나섰다.

오늘은 풀페스트에서 노크타티로 이동한다. 처음으로 이 나라를 벗어난다고 생각하니까 나도 모르게 가슴이 두근거리기 시작했다.

그것은 아크와 링도 마찬가지인 모양인지 두 사람 역시 들뜬

것처럼 보였다.

그리고 도착한 곳은 풀페스트와 노크타티의 경계.

『와! 굉장해, 눈이 내리지 않을뿐더러, 날씨가 맑아!!』

"응, 나도 처음 봤어."

"엄청나네."

노크타티로 한 발짝 내딛자 햇빛이 따스할 것 같은 완만한 초원이 나왔다. 방패인 나는 따스함을 느낄 수는 없지만 몸을 파르르 떨며 눈을 반짝이는 아크를 보면 일목요연하다.

우리는 처음으로── 태양 아래 서 있는 것이다.

"엄청 따뜻해서 기분이 좋아. 태양은 정말 굉장해."

기뻐하는 아크의 목소리가 내 귀에 들렸다.

응. 태양은 엄청 따뜻해서 사람을 행복하게 해 주지.

방패로 환생하기 전, 인간이었던 나에게는 날마다 태양이 뜨는 게 당연했으니까…… 분명, 아크나 링만큼은 감동하지 않을지도 모른다.

그렇지만…… 그렇지만 나는 아크와 풀페스트에 봄을 전해 주고 싶은 간절한 소망이 있다.

"…………."

한동안 우리 사이에는 침묵이 흘렀다.

여기서 정적을 깨뜨리는 건 멋있는 행동이 아니라고 생각하던 그때, 예상 밖으로 링이 입을 열었다.

"그나저나 이 경계선은 너무하네."

"……그러게."

그 말에 동의하며 아크가 쓴웃음을 지었다. 시선의 끝에 있는 것을 경계선……이라고 표현해도 될까.

풀페스트와 노크타티.

두 나라 사이에 마치 선이라도 있는 것처럼── 눈의 유무가 명확히 나뉘어 있었다.

『뭐야, 이거…….』

──링이 말하기 전까지 전혀 눈치채지 못했다. 나는 내가 본 광경을 믿을 수 없었다.

"응, 놀랄 만도 해. 우리 나라뿐이야. 이렇게까지 눈으로 덮인 곳은."

『아무리 그래도 이건 너무 심해.』

설마 이렇게 명확히 구분됐을 줄은 몰랐다.

쌓인 눈의 단면을 목격하는 경험은 좀처럼 없지 않을까. 하지만 저곳에는 케이크를 쫙 하고 자른 것 같은 깔끔한 단면이 있었다.

이곳은 봄이고 저쪽은 겨울. 이상하다.

《광합성을 ON으로 설정했습니다.》

『어?』

"하미아?"

"방패에게 무슨 일이라도 생겼어──? 앗?"

느닷없이 들린 시스템 음성.

그러고 보니 광합성이라는 항목이 있음을 떠올렸다.

뒤이어 곧바로 펑! 하고 뭔가가 터지는 듯한 소리가 났다. 무슨 소리인가 생각하는데 아크와 링이 놀란 표정으로 나를 보는 것을 눈치챘다.

먼저 입을 연 것은 링.

"이봐, 방패. 너──날개가 생겼어."

『뭐?』

"맞아. 작은 날개가 한 쌍 돋아났어."

이럴 수가. 아크가 그리 말했으니 분명 사실일 것이다.

그러고 보니 왠지 근질근질했던 것 같다. 하지만 내 모습이 안 보여 확인할 수가 없어서 답답하다.

『안 보여.』

신음 소리를 내자 아크가 내 앞에 손거울을 내밀어 주었다. 들여다보니 거기에는 확실히 날개가 돋아난 방패가 보였다.

하지만 작은 장식 같아서, 날 정도로는 큰 크기가 아닌 게 아쉬웠다.

움직일 수 있으려나? 나는 등을 움직인다는 생각을 하며 날개를 향해 움직여~! 하고 빌었다. 날면 좋겠다! 라고 생각했지만 역시 그런 일은 벌어지지 않았다. 쳇.

거울을 보니 등에 난 작은 날개가 파닥파닥 움직이고 있었다.

"오, 파닥이면서 움직여."

"굉장해. 하미아가 움직이는 거야?"

『응!』

날 수는 없지만 날개가 움직이는 걸 보니 조금, 아니 상당히 재밌다.

음…… 일단, 시스템을 확인해 두는 게 좋을 것 같다.

《녹왕의 방패: 시스템 메뉴》
마력 포인트: 197,300
광합성: ON / 충전 중

광합성 기능이 충전 중이라고? 하지만 딱히 내게는 어떤 변화도 없다. 충전 중이라서 아무것도 할 수 없는 걸까……?

마력 포인트를 사용하는 것과는 다른 방식인 듯하니 뭔가 특별한 일을 할 수 있을지도 모른다. 태양열을 이용하는 건가? 한동안 지켜봐야겠다.

아, 그러고 보니 마력 포인트를 모으고만 있었어.

뭔가 새로운 기능을 추가하려고 마력 포인트 메뉴를 확인하자, 쭉 갖고 싶었지만 많은 포인트가 필요해서 쉽게 손이 안 가던 항목이 눈에 들어왔다.

《마력 포인트 메뉴》
절대 방어 기능 추가: 50,000

엄청나게 강할 듯한 이 느낌, 죽이는데! 일단 절대 방어 기능만이라도 추가하자.

나머지는 무슨 일이 생길지 모르니 일단 놔두자.

방패인 나는 스킬을 사용할 때도 마력 포인트를 소비하는 단점이 있다. 과연 절대 방어는 얼마나 소비하는지 볼까——?

```
《사용 가능 시스템》
  절대 방어: 10,000
```

『흐음…….』

보아하니 한 번 사용할 때 1만 포인트나 소비하는 모양이다. 마음 놓고 사용할 수는 없을 듯하다.

"지금 당장 깃털을 사용할 일은 없을 것 같네."

『날개거든!』

별 볼 일 없다는 식으로 말하는 링에게 나는 곧장 날개라고 반론했다. 딱히 사용할 일이 없을 것 같다는 의견에는 동의할 수밖에 없지만, 깃털은 아니다. 절대로.

아크가 웃으면서 내 의사를 링에게 전달했다.

어딜 어떻게 봐도 천사의 날개처럼 귀엽지 아니한가. 깃털이라는 단어는 결코 걸맞지 않다고 주장하고 싶다.

이런 대화를 주고받는데 문득, 내 귀에 기분 나쁜 목소리가 들려왔다.

『어어어엇?』

"오? 나타났군."

목소리가 들린 곳을 바라보자 그곳에서는 곰과 늑대가 이쪽으로 오는 참이었다. 노크타티로 오자마자 마물과 마주치다니, 정말 운도 없다.

조금만 더 태양의 따스함을 편안히 느끼게 해 주지. 이런 생각을 하는 나와는 대조적으로 두 사람의 행동은 빨랐다.

먼저 돌격한 것은—— 물론 링이다.

아크는 뒤에서 나를 들고 마법으로 공격한다.

"수가 많아, 그쪽으로 갈지도 몰라!"

"알겠어!"

덩치 큰 곰에게 링의 쌍검이 크게 원을 그리며 날아갔다. 그대로 물 흐르듯 검을 휘두르며 늑대의 배를 갈랐다.

뭐야, 완전 시시하잖아. 후훗.

──이라고 생각하는데 오른쪽에서 캉 하는 충격이 느껴졌다.

『꺅?!』

"미안해, 하미아. 괜찮아?!"

『괜찮아! 이쪽에도 늑대가 있었구나!!』

늑대는 전방뿐만 아니라 오른쪽으로 크게 돌아 아크를 향해 돌진해 오고 있었다.

아크는 날 이용해 돌진을 막으면서 불꽃 마법으로 늑대를 공격했다. 앞쪽을 보니 링은 곰을 해치우고 늑대 두 마리와 전투 중이었다.

──벌써 곰을 해치운 거야?

마물 쥐를 해치웠을 때도 굉장하다고 생각했는데 지금은 곰에게도 이겼다.

생각했던 것보다 링이 훨씬 강해서 놀랐다. 아크도 나를 사용해서 공격을 막아 내며 적절한 타이밍에 마법을 발사했다.

아크와 슬라임을 상대할 때 고전하던 때가 이제는 그리울 정도다. 정신을 차려 보니 다들 순식간에 강해져서 소스라치게 놀랐다. 심장이 여러 개여도 모자랄 판이다! 물론 나는 방패이지만.

둘 다 내가 잠들었던 1년 동안 강해졌구나.

"좋아, 이걸로 끝이다……!"

빠각. 링이 쌍검으로 늑대의 엄니를 자르고 그대로 회전시켜서 한 번 더 내리쳤다. 다른 한 마리는 발로 걷어찼다.

검으로 공격할 것처럼 하더니 발차기 공격이라니. 링이 진두에 서면 뭐든 가능하다.

──음, 믿음직해.

둘 다 엄청 멋있어!

마물을 잡은 우리는 가던 길을 계속 가기로 했다. 링이 지도를 보면서 포장된 길을 걸어갔다.

지면에는 많은 풀과 작은 꽃들이 피었다. 지금까지 본 적 없는 경치에 나는 계속 들뜨는 중이다.

어린아이 같아서 부끄럽긴 하지만, 아크는 감상을 겉으로 잘 표현하지 않기 때문에 아크 몫까지 실컷 표현해 줘야지.

『온통 흰색만 있는 게 아니라서 참 좋아.』

가끔 마차와 스쳐 지나가는 것도 왠지 신선하다.

풀페스트와 달리, 상업이 활발히 이루어진다고 생각하자 부러웠다. 내가 봄을 되찾아 왔을 때, 풀페스트가 꼭 활기 넘치는 나라가 됐으면 좋겠다.

"꽤 멀겠지만, 오늘 안에는 마을에 도착할거야."

"아슬아슬하겠어. 한 곳쯤은 방이 있을 테니 괜찮겠지만."

역시나 눈이 바로 곁에 있는 장소에는── 마을이나 거리가 없다. 그러한 것들은 조금 떨어진 곳에 형성됐기에 도보로 5시간 이상 걸린다.

두 사람이 불평도 하지 않고 걸어서 스스로 못 걷는 나는 미 안할 따름이다. 그렇다고 인간으로 변신해서 장시간 걸으라고 한다면 그 대답은……. 뭐, 난 여자아이인 듯하니까!

"그나저나 길 위로 들어서니 평화롭네."

『확실히 마물이 전혀 없어.』

링이 크게 어깨를 움직이면서 "잠시 쉬자."라고 말하며 앞에 있는 건물을 가리켰다.

레스토랑인가? 그곳에는 맛있어 보이는 요리가 그려진 간판 이 있고, 사람들이 드나드는 모습이 보였다.

아크도 찬성해서 우리는 잠시 쉬어가기로 했다.

"어서 오세요."

풍채 좋은 아주머니의 인사를 받으며 우리는 안쪽 좌석에 자 리를 잡았다.

메뉴 종류는 적었지만, 여행 중에 따뜻한 밥을 먹을 수 있는 것만으로도 감사할 따름이다.

아크와 링은 많이 먹어야 한다. 워낙 믿음직스러워서 곧잘 잊 어버리곤 하는데, 두 사람은 아직 성장기다.

메뉴를 고르는 두 사람 옆에서 나는 가게 안을 휙 둘러보았다. 목조 건물로, 벽에는 추천 메뉴나, 마물 정보 등이 붙어 있다.

상인이나 모험가로 보이는 손님이 많았다. 이곳에서 정보를 교환하면서 여행하는 모양이라고 쉽게 상상할 수 있었다.

그러던 중, 내 귀에 모험가의 목소리가 들렸다.

"그건 그렇고, 그거 알아? 빛나는 구슬 소문 말이야."

"그게 무슨 말이야?"

남녀 파트너로 보이는 둘은 일을 마치고 돌아온 것 같았다.

"우리가 약초를 캐러 갔던 숲 말이야. 거기서 빛나는 구슬을 봤다는 소문이 있어."

"그게 뭐야. 신종 마물인가?"

"나도 모르지. 하지만 목격담은 거의 없고, 그나마 목격했다는 사람들도 전부 밤에 봤다나봐."

손가락을 세우고 설명하던 남자가 "나도 보고 싶은데."라며 아쉬운 듯 말했다.

하지만 이야기를 듣던 여자가 곧장 부정했다. "무서워."라고 말하며 오므라이스를 볼 한가득 입에 머금었다.

"어쩌면 마물이 아니라 유령일지도 모르잖아!"

"그런 게 어딨어!"

──흐음, 빛나는 구슬이라.

크리스털 파편일 확률은 적지만, 조사해 볼 가치는 있을지도 모른다. 나는 혼자 고개를 끄덕이면서 다음 목적지로 설정하는 게 좋지 않을까 생각했다.

『저기, 아크, 링.』

"응?"

마침 주문을 마친 아크는 내가 부르는 소리에 고개를 갸웃했다.

링에게도 내가 불렀다는 사실을 알려 주며 두 모험가가 나눈 이야기를 전달했다.

"그렇군……. 약간의 가능성이라도 있다면 눈으로 직접 확인하는 게 좋아."

『나도 정확한 장소를 아는 건 아니야…….』

"빛나는 구슬이라. 알아보러 가는 게 좋을 듯해. 가령 크리스털이 아니어도 희소한 무언가일 수도 있으니까."

크리스털의 기운을 좀 더 강하게 감지할 수 있다면 얼마나 좋을까. 남쪽에 있다는 것 말고는 아는 게 없다.

일단 두 사람도 승낙했으니 빛나는 구슬을 조사하러 가기로 결정했다.

자세한 것은 링이 두 모험가에게 확인했기 때문에 그 장소로 향하는 것도 문제없다.

안다트 숲.

이곳은 어두운 곳으로, 안으로 들어가면 타티 풀이라는 귀한 약초를 얻을 수 있다.

강한 마물이 많아 베테랑 모험가만 들어가는 장소 같은데 아크와 링은 괜찮을까? 강하다고 해도 두 사람은 아직 열네 살이다. 아니, 두 사람 다 충분히 강하니 내 걱정은 기우일지도 모르겠다.

내가 제대로 지켜 줘야겠어!!

"산기슭에 있는 마을에서 준비를 마친 후에 들어가자. 꽤 깊은 모양이니 밤에 빛나는 구슬을 보고 곧바로 돌아가는 건 무리야."

담담히 회의를 이어가는 두 사람을 보고 꽤 늠름해졌다고 생각했다. 나는 1년 동안이나 잠들었는데, 이 또래 남자아이들에게 1년은 순식간이겠지.

"야영을 해야 한다는 거지? 알겠어."

『뭐? 야영이라고?』

"응? 아 참. 하미아는 야영 안 좋아하지?"

"방패가 야영을 싫어하면 어쩌자는 거야?"

『난 아무 말도 안 했어!!』

아크가 멋대로 짐작한 것뿐이야!

나는 방패니까 어디에서 자든 상관없다. 아크와 링이 괜찮다고 판단했다면 나는 그저 받아들이면 된다.

"그럼 일단, 야영하는 건 결정됐네."

『응!』

"하미아가 문제없다면 나도 괜찮아."

아크도 고개를 끄덕였기 때문에 우리는 레스토랑을 뒤로하고 안다트 숲이 있는 산기슭 마을로 향했다.

처음 목적지였던 마을보다 조금 더 동쪽에 위치한 터라 약간의 진로 수정이 필요하다. 하지만 저녁 무렵에는 도착할 테니 내일이면 숲에 들어갈 것 같다.

무사히 산기슭 마을에 도착한 우리는 가장 먼저 모험가 길드로 향했다.

그곳에서 약초 채집 의뢰도 받는 작전을 세웠다. 돈도 벌 수 있으니 일석이조다.

게임에서 퀘스트를 받는 느낌이 들어 살짝 신나는 건 비밀이다.

"타티 풀 채집 의뢰요? 여기서는 세 개를 한 다발로 계산합니다. 독이 있으니 다룰 때 조심하세요."

"알겠어요."

길드 접수대에는 링이 문의했다.

채집하려고 하는 약초에 독이 있다는 설명을 듣고 이상한 생각이 들었다.

약초인데 독이 있다니, 아무것도 모른 채 입에 댔다간 큰일이 날 것 같다. 아직 모르는 게 많다는 생각이 들었는데, 아크가 설명해 주었다.

"타티 풀은 뿌리를 회복약의 재료로 사용해. 하지만 잎 부분에는 독이 있어서 손으로 직접 만지면 염증이 생기니 주의가 필요해."

『와, 아크, 잘 아는구나.』

"학교에서 배웠거든."

독이라……. 내가 만져도 염증이 생길까? 아니, 무기물이니까 그런 일은 있을 수 없겠지? 길드에서 무사히 의뢰를 받은 우리는 숙소를 잡고나서 내일 일정을 준비했다.

필요한 것은 마을 도구점에서 구입할 수 있었다.

야영을 하는 데 꼭 필요한 것은 텐트, 물을 포함한 식료품이다. 거기에 약초도 있으면 편리하다. 약초를 태우면 마물이 싫어하는 냄새가 난다.

쉴 때나 야영할 때 대활약하는 물건인 모양이다.

"짐이 꽤 많아질 것 같아. 따로 거점이 있는 게 아니니까 일단 필요한 것만 최소한으로 준비하자."

"그게 좋겠어. 짐이 많으면 여행할 때 불편해."

어떤 물건을 살 것인지 상담하면서 도구점으로 가는 길에 일정을 확인했다.

도구점은 마을 중심부에 있었고 그럭저럭 북적였다.

텐트, 간단한 무기와 방어 도구, 그리고 회복약 등 모험에 꼭 필요한 도구가 갖춰져 있었다. 보기만 해도 가슴이 두근거렸다.

『아! 램프 같은 것도 팔아, 아크.』

"램프?"

『있으면 편리하지 않을까?』

나 어때? 도움이 되지? 그렇게 말했지만, 옆에 있던 링에게 단칼에 거절당하고 말았다.

"하스티아크가 마법으로 빛을 만들 수 있으니 필요 없잖아?"

『아 참, 그랬지!!』

있으면 좋겠다고 생각했지만, 그렇다. 이곳은 편리한 판타지 세계다. 회중전등 같은 것이 없어도 괜찮은 세계였다.

"좋아, 이 텐트와 해독제도 일단 준비하자."

"밤에는 추울 것 같으니 작은 냄비는 하나 사야겠어."

어찌어찌 사야 할 물건을 전부 골라서 이제는 계산할 차례다.

지금까지는 가벼운 복장으로 다녀서 배낭 없이는 짐을 들고 다니기 어렵겠지 싶었다. 하지만 알고 보니 텐트를 간이 가방으로도 쓸 수 있는 모양이었다.

링이 등에 짊어지니 준비 완료.

"아참. 작은 건 하스티아크도 갖고 있어. 해독약이랑 물통도."

휘익~ 하고 호를 그리면서 날아온 물통을 아크가 잡았다.

그것을 허리에 차니 아크도 준비 완료.

출발은 내일 오전 중이다.

낮에는 타티 풀을 채집하고, 밤에는 빛나는 구슬의 소문을 확인하러 가는 것이다.

부티 크리스털 파편이기를.

다음 날, 날씨는 맑음.

약초를 채집하기 딱 좋은 날씨에 나는 기분이 한껏 들떴다.

"좋아, 가자. 방패 넌 귀걸이가 아니라 본래 모습으로 돌아와. 제대로 일을 하라고."

『쳇! 나도 방패 역할 정도는 제대로 수행할 수 있어!!』

마을을 이동할 때는 짐이 되지 않도록 미니멈 스킬을 사용했던 거야!

마치 내가 농땡이라도 부린 것처럼 말하지 말라고. 본래의 방패 모습으로 돌아오자 아크가 멋쩍게 웃으며 "고마워."라고 말하고서 나를 들었다.

마을 바로 뒤편에 있는 안다트 숲은 나무로 **빽빽**해서 햇빛이 잘 들어오지 않는 숲이다.

숲이 꽤 넓어서 타티 풀의 서식지에 도착하기까지는 대략적으로 한나절이 걸린다. 목적인 빛나는 구슬은 그곳에서도 조금 더 안으로 들어간 장소에 있는 모양이었다.

이 숲에 출몰하는 마물은 아크가 가르쳐 주었다.

마력이 통하지 않는 적은 다크 슬라임. 그것은 링이 나서서 해치우기로 했다.

반대로 마법에 약한 것은 식물 계통의 마물이다. 예를 들어, 트렌트라 불리는 녀석들은 나무로 된 몸을 교묘히 이용해 숲속 나무로 변장했다가 공격한다.

설명만 들으면 무시무시한 식물이라고 생각하겠지만, 사실 별것 아니다. 일반 나무와 달리 트렌트는 마력이 통하기 때문에 마법이 주무기인 아크라면 금방 물리칠 수 있다. 역시 나의 주인님은 우수하다니까!

"힘들면 쉬어 갈 테니까 말해."

"알겠어."

링이 선두에 서서 어두컴컴한 숲을 걸어갔다.

사람이 많이 안 지나다녔는지, 숲에는 길 같은 것이 전혀 없었다. 우리는 시야를 가리는 나뭇가지를 헤치고 트렌트가 없는지 확인하며 나아갔다.

순조롭다. 그리 생각한 것도 아주 잠시, 아크가 발걸음을 딱 멈추었다.

"──! 있다, 트렌트다. 링의 전방, 오른쪽 세 번째 나무야."

"알겠어. 덤으로 왼쪽에는 다크 슬라임도 있는데, 괜찮겠어?"

"응."

『좋아, 내가 나설 차례네.』

링은 트렌트의 가지를 쌍검으로 자르고, 그대로 왼쪽에 있는 다크 슬라임 쪽으로 향했다.

움직임이 빠른 링을 놓치고만 트렌트는 걸음을 멈춘 아크를 향해 나뭇잎을 뿌렸다. 평범한 나뭇잎이 아닌 나이프처럼 날카로운 잎이다.

나뭇잎은 내게 닿자 날카로운 소리를 내며 튕겨 나갔다. 상상 이상의 흉기였지만 아크에겐 닿지 않았으니 소용이 없다.

아크가 불꽃 마법으로 트렌트를 해치우고, 링이 다크 슬라임을 벴다.

서로 무엇을 해야 하는지 정확히 파악했기에 둘은 손발이 척척 맞았다. 그래서 나도 안심하고 방어에 집중할 수 있다.

……공격을 막아 내려고 방패를 움직이는 건 아크이지만.

그 후, 몇 번이나 다크 슬라임과 트렌트를 만났지만 어렵지 않게 격파했다.

역시 이 콤비는 무적이다. 그리 생각하는데 링이 약초를 발견했다고 외치는 소리가 들렸다.

"얼른 채집하고 일찍 야영 준비를 시작하자."

"그래. 일단 방패는 적당한 곳에 세워 둬. 들고 다니면 방해되니까."

아크는 살짝 싫어하는 기색을 비쳤으나, 이내 나를 바위 위에 올려 두었다. 두 사람이 약초를 채집하는 동안 마물이 덮쳐 오진 않는지 주변을 잘 살펴야겠다.

『이게 타티 풀인가? 잎 부분에 독이 있다니, 전혀 그렇게 안 보여.』

잎은 줄기와 가까운 부분은 노란색이고 끝부분은 연녹색이다.

하지만 약으로 쓰는 부분은 뿌리이고, 이 예쁜 잎은 독이다.

둘이서 약초 열 다발을 모았다. 마을로 돌아가 길드에 제출하면 의뢰가 완료되고 보수로 돈을 받는다.

『순조롭게 끝나서 다행이야. 아크랑 링은 안 피곤해? 몸은 괜찮아?』

"몸? 아아, 독을 말하는 거군. 응, 나도 링도 문제없어."

"그래. 일단 밥 먹고 교대로 잠을 자도록 하자. 무슨 일이 벌어질지 모르니 잘 수 있을 때 자 두고 싶어."

링의 제안에 나와 아크는 고개를 끄덕였다.

밤에 나타난다는 소문이 파다한 빛나는 구슬을 보려면 만반의 준비를 해야겠지.

『흐~흐흐흐흠 ♪』

나는 콧노래를 부르며 점점 어두워지는 하늘을 홀로 만끽했다.

아크와 링은 나란히 꿈나라로 떠났다.

『밤에 열심히 일해야 하니까.』

원래는 두 사람이 교대로 잠을 청할 예정이었으나, 내가 망을 보겠다고 했다. 마물이 오면 내가 소리를 질러서 아크에게 전하면 된다. 잠을 자지 않아도 되는 방패라서 무척 편리하다.

『하지만 마물을 쫓는 약초 때문인가? 마물의 낌새가 전혀 안 느껴져.』

불에 지핀 마물 퇴치 약초는 마물이 싫어하는 냄새를 풍긴다. 인간인 아크와 링은 아무 냄새도 맡을 수 없는, 기특한 약초다.

해도 지고 해서 시스템엔 광합성이 OFF로 표시되었다. 낮에만 충전되는 것은 불편하지만 햇빛이 필요하다고 하니 어쩔 수 없다.

충전해도 무엇을 할 수 있는지 아직 모르지만. 이런 생각을 하고 있으니 눈 깜짝할 사이에 밤이 깊었다.

아크가 마법으로 만들어 낸 빛이 밤이 내려앉은 숲을 밝혔다.

잠에서 깬 두 사람과 함께 더욱 안으로—— 빛나는 구슬을 봤다는 소문의 장소로 향했다. 정확히 어떤 것인지 모르기 때문에 긴장된다.

어쩌면 사람들이 잘못 본 것이고 빛나는 구슬이 아닐지도 모른다. 아니면 흉포한 마물일 수도 있다.

『빛나는 구슬이라. 누군가의 마법이라든가 하는 그런 어이없는 결말은 아니면 좋겠는데.』

"모험가는 그런 걸 잘못 보거나 하지 않아."

『그래?』

아크가 주변을 밝히려고 사용하는 빛을 보면서 나는 어쩌면 ——이라는 생각이 들었지만, 그건 기우인 것 같아 마음이 놓였다.

그래, 모험가이니 그것이 마법인지 아닌지 정도는 판단할 수 있을 거야.

아크와 대화를 나누고 있을 때, 앞에서 걸어가던 링이 휙 돌아 이쪽을 바라보았다.

"나만 방패의 목소리를 듣지 못하니까 불편해."

"그러네. 보물에 관해서는 나도 모르는 게 많으니까. 책이라도 있었다면 좋았겠지만, 성에도 자료가 거의 없었어."

"흐음."

『상당히 불편해.』

어찌어찌 대화가 가능하면 편리하겠지만 그건 꽤나 어려운 일이다.

애초에 내가 아크와 대화하기까지 상당한 시간이 걸렸기 때문이다. 그리고 생각해 보면 나와 쉽게 대화할 수 있어도 곤란하지. ……아니, 딱히 곤란할 건 없지만.

"그런데 아까부터 신경 쓰였던 점이 있어."

『?』

"아, 그래. 나도 신경 쓰였어."

『뭐?』

아크가 진지한 얼굴로 가볍게 주변을 둘러보았다. 그것에 동의하듯 링도 고개를 끄덕였다.

현재 상황을 파악하는 것은 대단히 바람직하나, 안타깝게도 나는 전혀 이해하지 못했다. 두 사람은 대체 뭐가 신경 쓰이는 걸까.

"마물이 안 보여, 하미아."

『아! 확실히 그러네. 낮에는 꽤 많았는데. 마물도 잠을 자는 건가?』

"잠을 자는 거라면 좋았겠지만, 안타깝게도 다크 슬라임은
야행성이야."

그렇구나. 꼭 밤에 잠을 자야 한다는 법은 없으니까.

아크의 말을 듣고 내가 한 말을 짐작한 링이 "바보냐." 하면
서 한숨을 쉬었지만 나는 마물을 잘 모르니 어쩔 수 없었다. 좀
더 친절하게 가르쳐 줘도 될 텐데.

일단 이 주변에 마물이 발생하지 않는 이유가 있겠지…….

예의 빛나는 구슬이 관련 있는 걸까? 그럴지도 모른다는 사
람의 결론을 듣고나서, 우리는 더더욱 주의하면서 안으로 들어
갔다.

마물은 보지 못한 채, 대략 15분 정도 걸어갔을까.

"……저거다."

『앗, 빛나고 있어!!』

선두에 선 링이 멈추라며 한쪽 손을 옆으로 뻗었다.

"마물이 없는 원인은 저거였어."

『뭐?』

"공기가 팽팽해. ……살기, 와는 다르지만, 비슷한 느낌이야."

"불길한 느낌이 들어."

링이 눈을 가늘게 뜨고 앞을 응시하며 느낀 걸 전달해 주었다.

나는 살기를 느끼진 못하지만, 아크도 피부로 그것을 느꼈는
지…… 경계하듯 나를 강하게 부여잡았다.

나무 사이를 둥실둥실 떠다니는 그것은 그야말로 빛의 구슬이라고 말할 수 있었다. 하지만 자세히 보니 사람의 형상을 했고 몸에서 빛이 난다는 걸 알 수 있었다.

——요정?

설마 그런 게 실재했을 줄이야, 미처 몰랐다.

"……대체 뭐지? 빛이 둥실둥실 떠 있는데."

「요정, 아니야?」

"뭐?"

아크가 무언가를 계속 쳐다보는 가운데, 내 생각을 말해 보았다. 하지만 아크는 눈을 크게 뜨고 고개를 갸웃거리더니 "요정?"이라고 말하며 내 발언을 반추했다.

도저히 요정으로는 보이지 않는다는 아크의 태도에 이번에는 내가 물음표를 떠올렸다.

다시 한번, 눈을 가늘게 뜨고 집중해서 보아도—— 역시 요정으로 보인다. 머리는 붉고 크기는 손바닥만 하다.

"확실히 요정이라는 단어가 잘 어울리네. 그런 건 옛날이야기에나 나오는 거라고 생각했는데."

"둘 다 빛나는 구슬이 아니라, 요정으로 보이는 거야? 내 눈에는 빛나는 구슬로만 보이는데."

「손바닥 크기의 남자로 보여. 등에는 날개가 있어.」

"내 눈에는 머리카락이 붉은 남자가 보여."

나와 링은 같은 형태를 보았다.

왜 아크만 다르게 보이는 걸까.

"일단 조금 더 가까이 다가가서—— 우왓!"

『링?!』

빛나는 구슬, 혹은 요정이 맹렬한 속도로 이쪽을 향해 돌격해 오고 있었다. 그것도 링을 향해서. 링의 눈앞에서 붉은 머리카락이 흩날렸다.

『넌 내가 보이는 거야? 일단 합격!』

"뭐? 무슨 소리를——!!"

요정은 낮은 목소리로 기뻐하며 합격이라고 말했다.

합격이라니 대체 이게 무슨 소리인가 생각하는 것도 잠시, 붉은 머리 요정은 링의 쌍검에 손을 대더니—— 그 모습을 감춰 버렸다.

『엥?』

일련의 흐름을 보고는 있었지만, 무슨 일이 벌어진 건지 알 수 없었다.

"……역시 내 눈에는 빛나는 구슬로밖에 안 보여. 하미아, 무슨 일이 있었던 거야?"

『요정이 링의 쌍검에 닿자마자 사라졌어. 하지만 그 전에 합격이라고 말했어.』

요정이 보이지 않는 아크에게 설명해 주긴 했는데—— 그건 그렇고 링은 무사할까.

곧바로 링의 상태를 확인하려는데, 링이 지면에 한쪽 무릎을 꿇고 몸을 웅크리고 있었다.

『링?!』

"정신 차려!!"

늘 당차게 행동하던 링이 무릎을 꿇다니. 심한 충격을 받았거나 아니면 말도 안 되는 일이 몸에서 일어나는 건지도 모른다.

곁으로 다가간 아크가 말을 걸면서 손을 뻗었지만, 링은 그 손을 떨쳐내듯 내쳤다.

──링?

그럼에도 굽히지 않고 아크는 링에게 말을 걸었다.

"괜찮아? 뭔가 몸에 변화라도──?"

"……그 힘, 시험해 보겠어!"

"링?! 하미아, 막아!"

링이 쥐고 있던 쌍검을 엄청난 속도로 뽑아 아크에게 휘둘렀다. 간발의 차이로 내가 튕겨 내 위기를 모면했다.

링이 아크를 공격하다니, 설령 천지가 뒤바뀐다고 해도 있을 수 없는 일이다. 틀림없이 아까 그 요정 짓임이 틀림없다.

──하지만 왜 이런 짓을 하는 거지?

지금은 그런 연유를 생각할 시간은 없었다. 캉! 무거운 소리가 나를 덮쳤다. 아크가 나를 이용해서 링의 쌍검을 막아낸 것이다.

링의 검 끝이 마치 장맛비처럼 아크를 덮쳤다. 같은 편일 때, 두 자루의 검은 더할 나위 없이 든든했는데 적으로 마주하니 이렇게나 무서울 줄이야.

"큭. ──아! 저렇게 빠른 링의 공격을 계속 막아 내는 건 무리야."

『아크!』

링의 쌍검이 마치 춤추듯이 아크를 가차 없이 공격했다. 상대가 링이기도 해서 아크는 좀처럼 마법을 사용하지 못했다.

아니다. 검의 속도가 너무 빨라서 미처 사용할 틈이 없는 것
이다……!

이대로 가면 우리가 치명상을 입고 말 것이다.

뭔가 방법이 없을까. 나는 필사적으로 머리를 굴렸다. 아크와
링, 두 사람을 구할 방법이 분명 있을 것이다. ……하지만 아
무것도 떠오르지 않는다.

내 시스템에는 방어하는 스킬뿐이니까. 아무것도 할 수 없는
내가 답답하다. 그리 생각한 순간── 아크의 맑은 목소리가
밤의 숲에 크게 울려 퍼졌다.

"링! 넌 나의 자랑스러운 기사잖아!!"

"──윽!"

링의 움직임이 딱 멈추었다.

아크가 이름을 부른 순간, 링의 움직임이 완전히 멈췄다. 하
지만 멈추긴 했으나, 몸은 여전히 움직이려고 하는지 쌍검을
쥔 손이 떨렸다.

──링과 요정이 싸우고 있는 걸까?

링은 아크의 기사로서 자신감이 충만하고 기사임을 자랑스럽
게 생각할 것이다. 함께 풀페스트에 봄을 부르자고 생각할 터다.

그런 링이기에 아크의 목소리는 누구보다 링의 마음 깊은 곳
까지 닿을 수 있다. 떨리는 링의 손이, 몸이, 모든 것이 아크를
공격하지 말라고 외치고 있다.

"우, 웃기지 마──!"

『링!』

크게 외친 링의 목소리.

"난 하스티아크의 기사야!! 이 녀석을 다치게 놔두지 않을 거야……!"

"링!"

아크를 똑바로 바라본 링은 놀랍게도 자신의 발을 쌍검으로 찔렀다. 흐르는 붉은 피가 그 검을 적셨다.

"하스티아크! 어서 나를 해치워!!"

"해치우라니…… 말도 안 되는 소리 하지 마."

링의 말에 나는 숨이 멎는 듯했다. 방패인 내가 링을 막을 재간은 없다. 아크를 지키는 기술만 있을 뿐.

『아크!』

불안한 마음으로 나는 아크를 불렀다. 해치우라니…… 어찌하면 좋을지 모르겠다. 링은 강하니까 어중간한 공격으로는 저지할 수 없을 것이다. 그렇다고 아크가 있는 힘껏 마법 공격을 쏘면 링은 목숨을 잃을지도 모른다.

"………."

조용히 링을 바라보던 아크는 내가 질문해도 대답하지 않았다. 어떻게 하면 링을 구할 수 있을까 열심히 생각하고 있으리라. 그러던 끝에.

"풀페스트의 눈이여, 얼음이여, 내 기사가 자각하게 해라!"

『눈이……!』

숲속 기온이 아마 단숨에 내려갔을 것이다. 순식간에 지면에 서리가 내렸고, 나무들이 얼어붙는 소리를 냈다.

공기를 차갑게 해서 링이 정신을 차리도록 만들려는 것이리라. 나는 그렇게 생각했지만── 아크는 눈 마법을 링에게 발사했다.

어? 어어? 어어어어어어어어어?!

『잠시만, 아크! 링, 괜찮아?!』

대량의 눈이 링을 덮치더니 아예 묻어 버렸다. 본인의 발을 검으로 찔렀던 탓에 눈이 천천히 붉게 물들어갔다. 불길한 예감이 나를 엄습했다.

당장 구해 내지 않으면 위험하겠다는 생각에 아크를 부르려 했는데── 그보다 먼저 눈더미에서 푸슉 하는 소리를 내면서 링이 얼굴을 내밀었다.

"……하아."

『링!』

"다행이다."

나와 아크는 안도하며 링에게 다가갔다. 링은 여전히 쌍검을 쥐고 있었지만, 개운해진 표정을 보니 지금은 의식이 돌아온 듯하여 마음이 놓였다.

하지만 곧이어── 링의 쌍검이 그 형태를 바꾸었다.

각각 쌍을 이룬 장식이 새겨졌고, 붉은 보석이 박혔다.

"쌍검이 변신했는데?"

아크가 놀란 목소리를 내자 좀 전의 요정이 모습을 드러냈다.

검은색 바탕의 옷에 투명하고도 아름다운 날개. 붉은 머리카락을 뒤쪽에서 하나로 묶은 탓에 날선 인상인 얼굴이 더 돋보였다.

"너……!"

『이야~ 내가 이길 줄 알았는데, 제법인걸.』

"웃기지 마. 멋대로 내 몸에 무슨 짓을 한 거지!"

『진정해.』

뭐야, 이 요정. 엄청 뻔뻔하잖아?! 링의 몸을 지배해서 아크를 공격한 것을 아무렇지 않아 하는 모양이다.

『그나저나 녹왕의 주인 역시 망설이지 않고 공격해 올 줄이야.』

조금 전에 사용했던 눈 마법은 꽤 굉장했다며 요정이 웃었다. 확실히 그 공격엔 나도 깜짝 놀랐다! 하지만 그건 네가 할 소리가 아니지 라는 생각이 들었다.

"잠깐만, 하미아. 무슨 얘긴지 전혀 모르겠는데…… 설명 좀 해 줄래?"

『응?』

"뭐? 하스티아크, 이게 안 보인단 말이야?"

링이 요정을 가리켰지만 아크는 힘없이 고개를 저었다.

아크는 나를 껴안으면서 빛나는 구슬이 둥실둥실 떠 다닐 뿐이라고 말했다. 대체 어떻게 된 일인가 싶어서 나와 링은 요정으로 시선을 옮겼다.

요정은 별일 아니라는 식으로 대답했다.

『난 쌍검이니까. 지금은 쌍검을 다루는 너에게만 보이는 거지.』

『쌍검?』

그러니까 링의 쌍검에 깃들었단 얘기구나.

『이 쌍검은 좋은 물건이야. 한동안 내 거처로 삼게 해 줘. 그럼 공격력도 스피드도 올라갈 거야.』

"뭐라고?!"

싱긋 웃은 요정은 링의 쌍검이 마음에 든 모양이다.

두 사람의 대화 내용을 아크에게 전하자 희미한 미소를 지었다. 이러한 전개가 벌어지리라고는 생각지도 못했다며 웃었다.

"쌍검의 요정이라면 하미아와 비슷한 건가?"

아크는 요정에게 나를 보여 주면서 어떤 존재인지 물었다. 요정은 잠시 갸웃거리더니 곧바로 고개를 내저었다.

『이름이 하미아야? 아니, 전혀 다른 존재야. ──내 이름은 달리아. 쌍검을 수호한다는 뜻이야. 앞으로 한동안 잘 부탁해, 임시 주인 링.』

"이봐, 난 허락한 적 없어!"

링의 말은 신경도 쓰지 않고, 자신의 이름이 달리아라고 밝힌 요정은 씨익 웃었다.

그 모습과 목소리를 보고 들을 수 있는 것은 나와 링뿐이었다.

──당연히 나와 똑같은 존재인 줄 알았는데 달리아는 다른 존재라고 단언했다.

방패에 깃든 나와 쌍검에 깃든 달리아.

차이라면 달리아는 요정과 같은 몸이 있다는 것이다.

반대로 나에게는 시스템 메뉴가 있다.

어쩌면 달리아도 똑같은 능력을 가졌을지 모르지만, 나는 그런 것까진 알 수 없다.

쌍검의 달리아.

어디선가 그 이름을 들어본 것 같은데——.

제2장 일 다람쥐와의 만남

링의 쌍검을 거처로 삼은 달리아.

우리의 동료라고 생각해도 되는지 의문스럽지만—— 여행 멤버가 늘어서 크리스털을 찾기가 조금은 편해질지도 모른다.

지금은 크리스털 파편의 기운이 느껴지는 방향…… 노크타티의 수도로 향하는 길이다. 서둘러야 하는 여행이긴 하지만, 결코 무리해선 안 된다. 한편, 아크는 주변을 관찰하면서 봄의 실체를 실감하고 있다.

『왠지 피크닉 온 것 같아…….』

"피크닉?"

내가 나지막이 말하자, 아크가 듣고는 "그게 뭔데?"라며 내게 물었다. 이 세계에는 피크닉이라는 개념이 없나 싶어 놀라기도 잠시, 확실히 그 눈보라 속에서는 누구도 피크닉을 가고 싶지 않을 것이다.

『평원 같은 곳에서 도시락을 먹거나 하지~! 그리고 꽃으로 왕관을 만들기도 하고, 간식을 먹기도 해.』

"그래? 재미있겠다."

내가 간단히 설명하자 아크가 눈을 반짝반짝 빛냈다. 하미아랑 같이 피크닉을 가고 싶다고 웃으며 말하는 모습이 귀엽다.

봄이 오면 하고 싶은 일 리스트에 넣어 둬야지.

구름 한 점 없는 맑은 하늘을 올려다보듯 아크가 폭신폭신한 풀과 꽃이 핀 들판에 벌러덩 드러누웠다. 지금까지 꽤 많이 걷기도 해서 나무 그늘에서 잠시 휴식이다.

"링, 너도 누워 봐. 기분이 좋아."

"난 됐어."

아크와 달리 링은 커다란 나무에 등을 기대고 앉았다. 그 시선이 자신의 쌍검에 향했기 때문에 달리아를 경계한다는 걸 알 수 있었다.

『이제 빙의하지 않을 테니 걱정 마.』

"시끄러워, 널 어떻게 믿어."

아, 사이가 안 좋은 것 같은데.

두 사람 사이에 불꽃이 튈 것 같아 쓴웃음을 지었다. 쌍검 기사와 쌍검 요정이니 원래라면 상성이 좋았을 텐데.

『뭐, 한동안 지켜봐야지—— 앗?』

갑자기 내 귀에 풀페스트라는 단어가 들렸다. 우리의 고향이 아닌가. 무슨 일이라도 생긴 걸까 싶어서 목소리의 주인을 찾았다.

——아, 반대편 나무 그늘에서 쉬는 여행객들이 하는 얘기였구나.

아크와 링도 눈치챈 모양인지 저쪽 대화에 귀를 기울이기 시작했다.

"풀페스트의 제1왕자와 제2왕자가 외교 때문에 샤르단으로 향했대."

"호오……. 풀페스트는 눈에 뒤덮여서 고생이 이만저만이 아닐 테니, 어떻게 해서든 대국과 인연을 맺고 싶겠지."

"다행히 풀페스트에는 왕족이 많으니까, 누군가가 시집이나 장가를 가지 않겠어?"

──풀페스트의 왕자가 샤르단으로 향한다고? 샤르단은 노크타티보다 훨씬 남쪽에 있는 대국이다.

그리고 그 여행객들이 말하는 왕자 두 명은 아크의 형들이다.

제1왕자 빌프레드 세레스 풀페스트에게는 성검 알비가 있다.

나를 지저분한 방패라고 폄하했던 크리스…… 제2왕자 크리스티아노 단트 풀페스트는 쌍검 달리아를 가지고………………아아아앗?

보물 쌍검 달리아!!

『잠깐, 달리아──.』

『카르릉.』

나는 눈치챈 중대한 사실을 달리아에게 확인하고자 말을 걸려 했으나 귀여운 울음소리에 가로막히고 말았다.

이 중요한 순간에 대체 무슨 일인가 싶었는데, 아크 옆에 같이 누워 있던 방패 모습의 내 위로 흰색 다람쥐가 올라왔다.

『와! 엄청 귀여운 다람쥐네!!』

"흰색 다람쥐잖아? 처음 봤어."

내 위로 올라온 다람쥐를 보고 아크는 고개를 갸웃거렸다. 온몸이 흰색인 동물은 확실히 보기 드물다. 알비노종인가 하고 생각하는데 흰색 다람쥐가 몇 마리 더 모습을 드러냈다.

『마…… 많네.』

"이 녀석들 뭐지? 방패가 맘에 든 모양인데?"

옆에서 보던 링이 내 주변을 에워싼 흰색 다람쥐에게 시선을 던졌다. 하지만 어차피 콩알만 한 데다가 마물 같은 것도 아니어서 쫓아내지는 않았다.

『어째서 여기에…….』

『뭐?』

문득 들린 달리아의 목소리에 나는 되물었다.

뭔가를 아는 모양이었으나 『아무것도 아니야.』라며 말을 잘랐다. 달리아는 서로 간의 소통을 좀 더 소중히 생각하는 편이 좋을 것 같다.

몽실몽실한 꼬리가 부드러워 보여서 방패 모습만 아니라면 꼭 한번 만져 보고 싶다. 다람쥐들의 식량인지 손에는 호두가 쥐어져 있었다.

"……하지만 왜 갑자기 나타난 거지? 게다가 하미아에게만 몰려 있어."

아마 우리 중에 다람쥐를 가장 경계하는 건 아크일 것이다. 귀여운 동물이니 그렇게까지 신경 쓰지 않아도 될 것 같은데.

몸을 일으킨 아크는 나를 들려고 손을 뻗었는데── 내 의식은 거기서 끊겼다.

시점: 하스티아크

"하미아?!"

순식간에 시야에서 사라져 버린 하미아를 향해 놀라 소리쳤다. 존재감이 뚜렷한, 나의 반쪽과 같은 존재인데…… 사라져 버리다니 말도 안 된다.

내 옆에 있던 하미아는 느닷없이 자취를 감추었다.

링도 황급히 이쪽으로 달려왔지만, 무슨 일이 벌어졌는지 파악하지 못한 모양이다.

『카릉.』

『카르릉.』

──원인은 이 흰색 다람쥐인가?

하미아가 사라지기 직전, 이 흰색 다람쥐가 손에 든 호두로 하미아를 탁 두드리는 것을 보았다. 세게 두드린 것이 아니라 살짝 닿을 정도여서 신경 쓰지 않았다.

"……앗! 설마 이 호두 때문인가?"

하미아가 있던 장소에 호두 한 개가 떨어져 있었다. 다람쥐들을 쳐다보니 호두를 들지 않은 다람쥐가 한 마리가 있다. 다른 다람쥐는 소중히 손에 들었다.

서둘러 손으로 집어 손수건으로 감쌌다.

"……뭐야, 이거. 방패가 사라진 게 이 다람쥐들 짓이란 거야?"

링도 나와 같은 결론을 내렸다──라기 보다 이 상황에서는 흰색 다람쥐들이 무슨 짓을 했다는 추측이 가장 자연스럽다.

이 흰색 다람쥐들은 대체 뭐지?

──혹시 보물과 관련이 있는 걸까?

하미아는 왕가에 대대로 내려오는 보물이다. 신비한 힘을 가졌기 때문에 무슨 일이 벌어져도 그리 이상하지는 않다.

그리고 왕가의 보물은 기록이 거의 없다. 따라서 지금까지 조사해 왔음에도 알아낸 것이 그리 많지 않다.

이렇게 오랜 시간을 하미아와 함께했는데도 말이다.

"보물은 보물에게……. 달리아, 넌 풀페스트의 쌍검 달리아지? 뭔가 아는 게 있다면 알려 줘. 전부."

"뭐?! 달리아가?!"

링이 자신의 쌍검을 보고 깜짝 놀랐다. 보물 쌍검에 깃든 존재일 거라고는 꿈에도 생각하지 못했을 것이다.

하지만 나는 크리스티아노 형님의 보물을 이 눈으로 본 적이 있고 달리아라는 이름도 똑똑히 기억다.

크리스티아노 형님의 쌍검과 형태가 다른 이유와 현재 상황이 어떠한지는 추측하는 수밖에 없지만.

정말 작긴 하지만 링의 쌍검에 크리스티아노 형님이 갖고 있던 쌍검과 똑같은 문양이 새겨져 있었다.

"난 달리아를 볼 수 없으니 알려 줘, 링."

그리 말하자 빛나는 구슬이 둥실 흔들렸다. 내 눈에만 모습이 보이지 않으니 심히 답답하다.

"……달리아, 내 검에 머물러 있을 거라면 그 정도는 말해 줘야 하는 거 아니야?"

링은 빛나는 구슬── 달리아를 노려보면서 따져 물었다. 그 눈빛에 동요했는지…… 빛이 또다시 흔들렸다.

달리아의 말을 링이 토씨 하나 빠뜨리지 않고 천천히 전달해 주었다.

『맞아, 하스티아크의 말처럼 나는 쌍검의 달리아야. 어떤 목적 때문에 이곳에 있어.』

"목적?"

『지금은 그보다 흰색 다람쥐가 더 중요하잖아?』

보물인 건 틀림없는 모양이다. 목적이 있는 모양이지만, 확실히 지금은 하미아 일이 우선이다. 게다가 본인의 목적이 있음에도 우리와 함께 행동하는 걸 보면── 나중에 그게 무엇인지 알게 될 것이다.

『이 흰색 다람쥐는 일 다람쥐. 손에 든 건 별종(別種) 호두야.』

"그게 무슨 소리야?"

『그리고 녹왕은 별종 호두 안에 갇혔어.』

"──!!"

달리아의 이야기를 듣고 역시 이 호두 속에 하미아가 있다는 확증을 얻었다. 하지만 이것만으로는 알 수 없다. 어째서 하미아가 이런 일을 당해야 하는 거지?

주변에 있던 다람쥐들을 힐끔 쳐다보자 『캬르릉.』 소리를 냈다. 마치 우리가 어떻게 행동할지를 지켜보는 것처럼.

이 흰색 다람쥐의 정식 명칭은 일 다람쥐인 모양이다.

손에 든 호두는 식량이 아니다. 별종 호두라는 것으로, 평범한 호두와는 전혀 다른 성질이라고 한다.

이 호두 안에 든 것은 작은 봄이라고 달리아가 말했다.

『안에는 꽃의 씨앗이나 작은 묘목이 들어 있어. 세계 각지에 흩어진 일 다람쥐들은 별종 호두에 그것을 넣어 풀페스트로 돌아와 자연의 생명을 싹 틔우지.』

"그래서 방패는 어떻게 된 건데?"

『아까 말했듯이 별종 호두 안에 있어. 그리고 이 안에는 봄이 조금 들어 있으니까── 파워 업에 안성맞춤이지 않겠어? 일 다람쥐들도 잘되길 바라는 마음에 그리했을 거야.』

링을 통해 달리아의 설명을 듣고 그렇구나 하며 안도의 한숨을 내쉬었다.

──일단 이 흰색 다람쥐가 적이 아니라서 다행이었다.

하미아가 갇힌 별종 호두를 바라보자 희미하게 마력이 흘러나오는 것이 느껴졌다.

알고는 있었지만 상당히 특수한 성질을 가진 호두다.

"달리아. 이 별종 호두에 내 마력을 집어넣을 수 있어?"

밖에서 마력을 집어넣는다면 하미아의 성장에 도움이 되리라 생각했다.

『정답이야. 하스티아크의 마력을 주입해서 성장시키면, 원래 상태보다 파워 업해서 금세 자랄 거야.』

"진심으로 하는 소리냐? 젠장."

달리아의 말을 링이 전달해 주어, 그렇구나라고 생각하며 별종 호두를 바라보았다.

이 안에 있는 하미아를 구하려면 마력을 주입해야 한다. 어느 정도로 주입해야 다시 나올 수 있는지는 모르지만 마력이라면 잔뜩 있으니 문제없다.

살며시 마력을 주입하자 별종 호두가 천천히 따뜻해졌다.

"그 밖에 다른 건 없어? 넌 자발적으로는 정보를 공개하지 않는 번거로운 타입이구나!"

말다툼을 하는 두 사람을 힐끔 보면서 나는 하미아가 있는 별종 호두를 들고 나무에 등을 기댔다.

손바닥 위에서 별종 호두를 굴리면서 마력을 주입했다. 부서지지 않도록 천천히.

──늘 보호받는 입장이었어서 그런지 뭔가 신선했다.

지금은 입장이 반대가 된 것 같아 멋쩍은 미소를 지었다.

"저기, 하스티아크."

"응?"

"방패가 다시 태어나는 거지? 그럼 손에 힘을 실어서 마력을 넣는 편이 더 튼튼히 자라지 않을까?"

"링⋯⋯."

그런 짓을 했다가 별종 호두가 부서지기라도 하면 어쩌려고.

즉시 거절하자 "그렇지?"라는 미적지근한 대답이 돌아왔다.

"일단 여기는 마음이 진정되지 않으니 가던 길을 계속 가자. 방패가 없어서 조용하니까 순조롭게 갈 수 있겠네."

"그러게."

확실히 하미아가 없는 나는 방어력이 없다고 해도 좋을 것이다. 서둘러 마을로 가는 게 좋을 것 같다. 물론 링이 있으니 그렇게까지 위험한 상황에 처하진 않겠지만.

휴식을 끝내고 우리는 수도를 향해 나아갔다.

굳이 말없이 걸을 필요도 없으니 링을 사이에 두고 하미아와 별종 호두에 관해 달리아에게 이것저것 물어보았다.

"있잖아, 달리아. 내가 별종 호두에 주입하는 마력의 성질에 따라 하미아가 달라지기도 해?"

『……정답. 녹왕의 주인은 바보가 아닌가 보군.』

마력이란 스스로에게도 영향을 미치는 힘이다. 그 질은 사람마다 다르다.

속성이나 질, 절대량, 순간량 등에 걸쳐 다양하게 달라진다. 그렇다면 내가 어떤 마력을 별종 호두에 주입하느냐에 따라 하미아가 영향을 받는 것은 당연하리라.

"고마워, 달리아."

『……흥.』

"젠장, 뭐야. 너희끼리만 이해하고."

마력을 자유자재로 제어하지 못하는 링은 아마 마력의 질이라는 말을 들어도 피부에 와 닿지 않을 것이다.

내가 멋쩍은 미소를 지으면서 영양가 높은 음식 같은 거라고 전하자, 그렇구나라는 대답이 돌아왔다.

"마력은 정말 귀찮아."

링이 한숨을 내쉬면서 자기도 자유자재로 마법을 사용할 수 있다면 편리할 텐데라고 중얼거렸다. 하지만 그 대신 링은 나에게는 없는 쌍검이라는 압도적으로 강한 무기를 가졌다.

서로에게 없는 것을 부러워한다는 생각에 슬쩍 웃고 말았다.

노크타티의 수도에 도착한 이튿날, 우리는 모험가 길드를 찾아갔다. 대로변에 위치한 길드에는 드나드는 사람이 상당히 많았다.

목적은 의뢰를 받아 보수를 얻는 것.

실내 게시판에는 의뢰 내용이 적힌 종이가 잔뜩 붙어 있었다. 이것을 카운터로 가져가면 의뢰를 받을 수 있다.

"어떤 걸로 할까……."

길드는 각국에 있기 때문에 어떤 시설을 이용해도 문제없다. 이곳에서 의뢰를 받아 다른 마을에서 완료했다는 보고를 해도 된다.

풀페스트에도 모험가 길드가 있지만, 일 년 내내 눈으로 덮여 있기에 그다지 활발하지 않다. 원래라면 마물 퇴치나 약초 채집 등 중요한 업무를 처리하는 기관으로, 앞으로 더욱 발전시키고 싶은 것 중 하나다.

──그러기 위해서는 나도 더 열심히 공부해야 한다.

모처럼 풀페스트에서 타국으로 나왔으니 최대한 다양한 경험을 하고 싶다.

링과 상담해서 이번에는 마물인 일각수 토벌 의뢰를 맡기로 했다.

일각수는 머리에 뿔이 한 개 달린 늑대 마물.

무리 지어 다니지 않고 늘 혼자 행동하는 것이 특징, 게다가 뿔은 비싸게 팔리기 때문에 보수도 상당히 괜찮다. 일각수가 있

는 숲까지는 말을 타고 약 한 시간 거리. 우리는 말을 빌려 목적
지로 향했다.

 "──웃차."
 『몸을 비트는 게 어설퍼.』
 "쳇!"
 숲에 말을 타고 도착한 것까지는 좋았지만── 나는 할 수 있
는 게 아무것도 없다.
 일각수는 비교적 빨리 찾았지만 링 혼자 전투에 임했다. 아니,
달리아를 생각하면 둘이겠네.
 뭔가 대화를 주고 받는 것 같지만, 나는 달리아의 목소리를 들
을 수 없어서 불편하다.
 "시끄러워, 그런 건 나도 알아!"
 늘 금방 마무리를 짓던 링이 뭔가 동작을 확인하듯 검을 휘두
르고 있다. 게다가 달리아와 대화를 한다는 것을 금방 알 수 있
었다.
 혹시 달리아에게 강습이라도 받는 걸까. 그러한 장면이 자연
스레 떠올라 웃음이 나왔다.

 일각수도 꽤 강한 모양이지만 링은 그 이상으로 강했다.
 ──역시 나의 기사.
 라고 칭찬해야 하나…….
 "……그럼 나는 하미아에게 마력을 주입해야지."
 일각수는 링에게 맡기면 문제없을 것이다. 움직임이 빠르기 때

문에 괜히 마법으로 엄호하지 않는 게 좋겠다고 판단한 것이다.

무엇보다 링 혼자서도 제대로 처치하는 게 눈에 보였다. 그래서 나는 안심하고 내가 해야 하는 일에 집중할 수 있었다.

——달리아는 하미아의 성장이 마력의 질에 달렸다고 말했다.

그렇다면 나는 최상급의 마력을 하미아에게 부어 주면 된다.

떠올린 이미지는 예전에 단 한 번 보았던 인간의 모습을 한 하미아. 풍성한 허니그린색 머리카락에 하얀 피부. 다시 등장한다면 분명 꽃처럼 미소 지을 것이다.

"빛과 바람과 물의 마력."

방패인 하미아를 위해서 방어 능력과 궁합이 좋은 속성을 중심으로 마력의 질을 구성해 나갔다.

날카롭기보다 둥글고 부드러운 매력을 연상했다. 온화한 하미아에게 공격적인 마력은 어울리지 않을 거라 생각한다.

……내 맘대로 떠올린 이미지이지만.

나는 천천히, 차분히 미력을 주입했다.

시간이 얼마나 걸렸는지 모르겠지만 어젯밤부터 쉬지 않고 마력을 주입했다.

남보다 많은 마력량에는 자신이 있다. 따라서 하미아가 별종 호두에서 나오는 것은 그리 먼 미래는 아니라고 생각했다.

"——후우!"

컥 하는 일각수의 신음 소리가 들려 고개를 들어 보니 마침 링이 일각수의 목숨을 빼앗은 후였다.

"수고했어."

"응. 별종 호두에 마력을 넣고 있었던 거야?"

"꽤 많이 넣었으니 슬슬 깨어날 때가 된 거 같은데 말이지."

"아직 너무 일러."

하미아 일이라면 늘 마음이 조급한 것 같다는 링의 말을 듣고 나는 확실히 그렇다며 쓴웃음을 지었다.

아낌없이 마력을 넣고, 모험가 길드에서 받은 의뢰를 해결하는 동안── 하미아가 별종 호두에서 나오기까지는 10일의 시간을 필요로 했다.

포근포근한, 마치 태양과 같은 따스함에 감싸여── 나는 문득 눈을 떴다.

『어라……?』

따뜻한 공기가 느껴졌지만 주위는 캄캄했다. 눈을 몇 번이나 깜박여 보았지만 빛은 조금도 느껴지지 않았다.

하지만 불안하지 않은 것은…… 왜일까.

『아!』

나는 잠시 생각한 후에 곧 그 대답에 도달할 수 있었다.

이 포근포근한 햇볕과 같은 따스함은 아크의 온기라는 걸 알았기 때문이다. 근거가 뭐냐고 묻는다면 대답이 궁해지겠지만,

포근하게 나를 감싼 이 감각은 언제나 나와 함께했으니까.

──그냥 알 수 있다고밖에 말할 도리가 없다.

손을 뻗으니 탈싹탈싹 벽에 부딪히는 느낌이 들었다. 상당히 좁은 공간에 있는 모양이었다. 보물 창고에 있던 시절보다는 훨씬 나았지만, 대체 뭐가 어떻게 된 걸까.

『이 너머에 아크가 있는 걸까?』

지금 당장 만나고 싶다. 그리 생각한 찰나, 살짝 진동이 느껴졌다.

빠각.

내가 갇힌 공간에 어떤 소리가 울려 퍼졌다.

눈을 비비자 한 줄기의 빛이 보였다. 이곳 벽에 금이 갔다는 걸 알 수 있었다.

"──미아?"

벽 너머에는 무엇이 있을까 생각하는데 귀에 익은 다정한 목소리가 들렸다. 틀림없는 아크의 목소리다.

『아크!』

나는 이름을 부르면서 벽을 탕탕 두드렸다. 그러자 허무하리만치 쉽게 벽이 무너져 내렸다.

뭐야, 별거 아니라는 생각에 벽 전체를 깨부수었다. 고개를 쑥 내밀자 깜짝 놀란 아크와 눈이 마주쳤다.

다행이다, 아크 건강해 보이네.

『아크!!』

"하미아, 어, 어라?"

"우와, 진짜 방패 맞아?"

"보, 보지 마. 링!!"

곧바로 옆에서 링도 얼굴을 내밀었다. 하지만 아크가 링의 눈을 양손으로 가리고 벽 쪽으로 끌고 갔다. 왜 저러지?

일단 현재 상황을 파악하도록 하자.

주변을 휙 둘러보니 숙소에 있다는 걸 알게 되었다. 내가 갑자기 의식을 잃는 바람에 장소를 옮겼다는 걸 알 수 있었다.

벽에는 링의 쌍검이 세로로 걸려 있고, 손잡이 부분에는 달리아가 앉아 꾸벅꾸벅 졸고 있었다. 멤버들에게는 딱히 아무런 변화도 없는 모양이다.

『딱히 달라진 건 없어 보이는데?』

일단 마음은 놓였지만, 아직 내 상태조차 확인하지 않은 것을 깨달았다. 어두운 곳에 갇혀 있었기 때문에 어딘가가 변했다고 해도…… 이상할 건 없다.

내 주위를 휙 둘러보았다.

이불이 보여서 언제나 그랬듯이 침대 위에 있다는 걸 알았다. 그리고 주변에는 호두 껍데기가 흩어져 있었다.

……호두 껍데기? 그 흰색 다람쥐들이 호두를 소중히 들고 있었어. 하지만 어째서 그게 산산이 부서져 내 주위에 있는 걸까.

『그건 아크에게 물어보는 게 좋겠지?』

그리고 내 몸인 방패가 놓인 게 보이고, 그럼 아무 문제도——

아아아앗?

『나잖아?!』

침대 뒤에 방패가, 내가 있어!!

그럼 대체 난 뭐지? 라는 생각에 내 몸을 살펴보고는 깜짝 놀라 눈을 크게 떴다.

『사람 모습이 됐어……!』

먼저 눈에 들어온 것은 나의 양손.

그리고 다리와 발목까지 이어져 넘실거리는 밝고 아름다운 허니그린색 머리카락.

그리고 신체.

……………………어?

『으아아아앗!!』

나는 급히 몸을 가리려고 했지만, 절반은 호두 껍데기 속에 있는 상태다. 몸을 가릴 만한 건 아무것도 없다.

그렇다는 건, 내가 호두 속에 들어 있었다는 거야? 참, 지금은 그런 걸 따질 때가 아니지!!

할 수 없이 긴 머리카락으로라도 몸을 가리자는 생각에 낑낑대니 머리 위에서 부드러운 손수건이 내려왔다.

『아크!』

"일단 얼른 몸을 감싸."

『고마워!』

다행이다. 역시 내 주인님은 신사야. 완벽한 신사!!

손수건을 반으로 접어 내 몸에 빙빙 감았다. 가슴 앞섶을 리본처럼 묶으면 일단 완성이다.

신체의 성장 정도를 가늠했을 때, 연령은 아크와 비슷한 것 같다. 가슴이 그리 크지 않은 것은 분명 성장하는 도중이기 때문이리라.

참고로 크기는 달리아와 엇비슷하다. 내 모습을 보면서 요정 같다고 생각했다. 하지만 나는 달리아처럼 날개가 없어서 날 수는 없는 모양이다.

방패 본체에도 작은 날개가 있는데 이건 너무하다.

아크에게 이제 괜찮다고 전하자 이쪽을 돌아보며 안심한 듯 웃었다.

『미안해, 걱정끼쳐서.』

"아니야. 일단 이 상황에 관해서는 달리아가 가르쳐 줬어."

세상에!

달리아가 의외로 박식해 감탄하자, 아크가 보물 쌍검이 달리아라고 가르쳐 주었다. 맞다. 나도 크리스의 보물이 달리아였다는 사실을 깨닫고 물어보려고 했다.

보아하니 나는 흰색 다람쥐가 들고 있던 별종 호두에 들어가 있었던 것 같다. 나는 아크의 설명을 듣고 나서 고개를 끄덕였다.

"그런데 왜 방패가 달리아처럼 모습이 변한 거지?"

『뭐? 그건 나도 몰라.』

링의 질문을 듣고 오히려 내가 묻고 싶다며 반론했다.

"달리아는 파워 업 하는 거라고만 설명해 줬어."

그렇군. 달리아는 자세한 내용은 말하지 않은 것 같다. 아마

누구도 안 물어봐서 본인도 안 알려 준 것 같은데── 달리아는
질문한 것에만 대답하는 성격인 것 같다.

『어라?』

"왜 그래?"

『링, 내 목소리가 들려?』

"!"

링은 지금까지 내 목소리를 듣지 못했었다.

그런데 지금은 나와 대화를 하고 있다. 아크도 덩달아 놀라며
"그러게 말이야."라고 말했다.

내가 작은 인간의 모습을 했기 때문인 걸까?

별종 호두 속에 있을 때, 아크가 마력을 넣어 주었다는 말을 들
었다. 그리고 그것은 나를 파워 업 시키기 위해서였다는 것도.

하지만 곧장 명확한 대답을 들을 수 있었다.

『그건 링이 하스티아크의 기사니까.』

꾸벅꾸벅 졸던 달리아가 링을 똑바로 바라보면서 말했다.

"하스티아크의 기사가 아니면 방패의 모습을 볼 수 없고, 목
소리도 들을 수 없다는 거야?"

『맞아. 절대 충성을 맹세한 기사는 녹왕과의 대면이 허락되지.
지금까지는 녹왕의 힘이 조금 부족했지만, 이렇게 파워 업했으
니 하스티아크의 기사에게 목소리를 전달할 수 있게 된 거야.』

그렇구나, 나는 사람 모습으로 변하면서 파워 업 했구나. 링
과 직접 대화를 할 수 있는 건 편리해서 좋네.

내가 이해했다는 듯 끄덕이자 링은 의문을 하나 더 제시했다.

"……녹왕이 뭔데?"

내가 두 사람의 대화를 아크에게 설명했다. 나와 링은 의사소통이 가능해졌지만, 아크와 달리아는 아직도 소통이 불가능하기 때문이었다.

그리고 나서 링의 질문에 대답했다.

『녹왕이라는 건, 내가 방패일 때의 이름인가 봐.』

시스템 메뉴를 보면 녹왕의 방패라고 표시되어 있다. 내가 방패일 때, 물건으로서의 이름인 것 같다.

그렇구나 하고 납득한 링은 나와 아크를 번갈아 보았다. 손수건을 둘둘 말아 간신히 몸을 가린 상태니까 너무 뚫어져라 쳐다보지 않으면 좋겠는데. 왜 저러는 거지?

"그래서 방패, 앞으로도 너는 쭉 이 모습인 거야?"

『음, 글쎄?』

"옷을 준비해야겠네."

"그런 뜻이 아니잖아! 아니, 맞는 말이긴 하지만!!"

아크가 엉뚱한 소리를 하면 링이 반문을 하는 좋은 콤비다. 물론, 아크는 반농담으로 말하긴 하지만, 진심으로 말할 때도 있으니까…….

하지만 역시 옷이 없는 것은 상당히 곤란하다.

……시스템 메뉴에 뭔가 생겨났으려나?

《녹왕의 방패: 시스템 메뉴》

마력 포인트: 73,200

실체화: ON / 10분마다 100 마력 포인트 소비

의장 등급: ㅡ

『이런!』

말도 안 되는 항목이 늘어나 있었다!! 이 요정 같은 인간의 모습이 되기 위해서는 10분마다 마력을 100포인트나 소비해야 하는 모양이다.

다시 말해 하루 종일 이 모습을 하려면 14,400포인트나 필요하다. 수면 시간을 제외한다 쳐도 1만 포인트는 소비해야 한다는 계산이 나온다.

역시 이건 곤란하다. 링의 마력을 빼앗아서 사용할 수도 있지만, 링도 마력을 회복할 시간이 필요하기에 그리 빈번히 빼앗을 수는 없다.

선량한 일반 시민에게 빼앗는 것도 안 될 일이다.

……평상시에도 이 모습을 유지하긴 좀 어려울 것 같다. 아쉽지만 잠시나마 인간의 모습을 할 수 있다는 사실에 감사하자.

그리고 나는 메뉴를 펼치고 신음 소리를 냈다.

《마력 포인트 메뉴》
　의장 등급 업: 1,000

시스템 메뉴에 의장 등급이 추가되어서, 그런가 보다 했는데 역시나. 마력 포인트 메뉴에도 의장 등급을 올리는데 필요한 포인트 항목이 추가되었다.

게다가 한 번에 1,000포인트나 사용한다니 지독하다.

하지만…… 큰 것을 위해서는 작은 것을 희생해야 할 때도 있는 법이다. 계속 아크의 손수건을 두르고 생활할 수는 없는 노릇이니까.

『의장 등급 업.』

지금까지는 성별이 불분명했지만, 사람으로 변한 나는 어딜 어떻게 보아도 여자였다. 소박해도 좋으니 적어도 옷만큼은 준비해야 한다.

"하미아?"

『아, 안 돼! 아직 이쪽을 보지 말아 줘!!』

내 목소리를 듣고 아크가 나를 들여다보려는 것을 필사적으로 막았다.

소박해도 좋으니 옷이 생기면 좋겠다고 생각했는데, 정작 내가 몸에 걸친 것은 위아래가 세트인 귀여운 속옷이었다.

1,000 포인트나 사용해서 얻은 것이 속옷이라니, 이건 완전 사기다. 적어도 운동복 정도는 나와 줘야 하는 거 아니야?

『의장 등급 업.』

어쩔 수 없다. 한 번 더.

그러자 이번에는 양말.

포인트를 더 사용해 보았지만―― 논슬립 이너웨어, 파니에, 헤어 액세서리가 나오고 나서야 드디어 원피스 형태의 옷이 나왔다.

옷을 입기까지 6,000 마력 포인트를 사용하고 말았다.

음, 신발이 없네. 하지만 옷이 나왔으니 이번에는 틀림없이 신발이 나올 것이다.

나는 다시금 마력 포인트를 써서―― 겉옷을 얻었다.

그리고 한 번 더 등급을 올렸을 때, 겨우 신발이 나왔다. 다행이긴 한데 반대로 지갑은 텅 빈 이 느낌이란.

의장 레벨은 보란 듯이 8까지 올라갔다.

"귀엽네, 하미아."

『고마워.』

아크의 칭찬이 순수하게 기뻤다.

하지만 대량의 마력 포인트를 소비한 걸 생각하자 그다지 기쁘지 않았다.

"이렇게 하미아와 대화를 하게 되다니, 꿈만 같아."

생글생글 웃으면서 나를 바라보는 아크는 정말 기쁜 듯했다. 줄곧 방패 모습이던 나와 이렇게 대화를 하는 게 점수를 많이 땄는지도 모른다.

아크는 친구가 없었기 때문에 내가 이러한 모습으로 변신하게 되어 친구처럼 생각하는 걸지도 모르겠다. 그렇게 생각하니 8,000포인트면 저렴한 듯하다.

"그 방패, 진짜 여자였구나."

"그래. 말했잖아, 하미아는 여자라고."

보아하니 링은 내가 여자라는 걸 믿지 않았던 모양인 듯, 뚫어지게 나를 바라보았다.

"크리스털 드래곤과 대치했을 때, 잠깐이었지만 하미아가 여자 모습이 되었었잖아?"

"무슨 소리야, 난 네 뒷모습밖에 못 봤어."

"……그렇구나."

아크의 말을 듣고 분명 그러했다는 것을 떠올렸다.

그때는 몸이 뜨거워서 어쩔 수 없었지만, 혹시—— 크리스털 파편을 찾으면 완전한 인간의 모습이 될 수 있을까?

잘 모르겠지만, 가능성이 0%는 아닐 것이다. 약간 기대해도 좋을 듯.

"아 참, 하미아."

『응?』

아크가 손뼉을 짝 치더니 가방에서 빨간 리본을 꺼냈다.

"이리 와."

고개를 갸웃거리면서 아크에게 다가가자, 빨간 리본을 목에 둘러 뒤에서 보이도록 묶어 주었다.

『귀여워……. 앗! 하지만 이건 웬 리본이야?』

"앗, 음."

아크는 평소에 리본을 사용하지 않으니 왜 그런 걸 들고 있는지 의아했다. 링이 옆에서 웃고 있으니 분명, 이유를 알 것이다.

아크는 입을 닫고 좀처럼 내게 이유를 말하려고 하지 않았다.

혹시 누군가에게 선물하려고 했던 리본인가? 이건 누가 보아도 여자용이었고, 리본 이외에 달리 쓸만한 곳이 떠오르지 않았다.

내가 받아도 되는 걸까? 한순간 불안이 엄습했다.

『이, 이거, 여성용 리본이잖아? 혹시 누군가에게 선물할 예정이었던 거 아니야? 내가 받아도 되는 건지──.』

"자, 잠시만, 하미아! 스톱!"

『앗…….』

돌려줄까? 그렇게 말하려는데 아크가 스톱을 외쳤다. 얼굴은 어째서인지 발그레 물들어서 대체 무슨 영문인지 알 수 없었다.

"푸핫, 못 참겠어. 배 아파……."

"링!!"

어? 왜 저래? 대체 이 리본이 뭐 어쨌다는 걸까.

내가 리본을 쳐다보자 링이 아크 대신 이유를 알려 주었다.

"이 리본은 하스티아크가 방패에 잘 어울릴 것 같다며 반년도 전에 산 거야. 네가 잠들었을 때 일이니 모르는 게 당연해."

『아…….』

설마 나를 위해서 준비한 것이라고는 생각지도 못했다.

목 뒤로 귀엽게 묶은 빨간 리본. 감촉이 좋아서 품질이 좋은 물건이라는 걸 금방 알 수 있다.

어쩌지, 너무 기쁘다.

분명 내가 단 한 번 인간으로 변했을 때 모습을 떠올리고…… 골라 준 리본이겠지? 아크는 어떤 마음으로 이 리본을 샀을까.

『소중히 간직할게. 고마워, 아크!』

"……응. 마음에 들어 해서 다행이야."

『내 보물로 삼겠어!!』

아크에게 처음으로 받은 선물이다. 보물로 삼아 대대로 물려 주는 것도 좋겠다. 후훗.

그리 말하자, "무슨 소리야."라며 아크가 웃었다. 링은 폭소를 터트렸다. 왜 웃는 건지 모르겠다.

『아! 난 이 모습을 하고 있으면 마력 소비가 큰 모양이니까 방패로 돌아갈게. 오늘은 이만 자는 거지?』

"아……응."

"뭐야, 하스티아크. 하미아랑 같이 자고 싶은 거야? 의외로 겉과 속이 다르네."

"아, 아니야!"

하하하 웃으면서 링이 커튼을 닫았다.

얼굴을 붉힌 아크가 내게 사과했다. 딱히 신경 쓰지 않아도 된다며 웃고 말았다.

여자아이 모습이어도 나는 손바닥 크기이니까. 전혀 의식할 필요 없다고 생각한다.

……뭐, 아크의 상냥한 마음씨가 이런 데서 드러나는 거지만.

제3장 왕족의 책무

  설국 근처가 싫었는지—— 노크타티의 수도는 나라의 최남단에 있다. 우리는 현재 있는 장소에서 더욱 남쪽으로 내려가 대국 샤르단에 입성해 크리스털 파편을 찾을 것이다.

  ——크리스털 파편은 좀 더 남쪽에 있는 듯하니까.

  내가 느끼는 것은 아주 미미한 기운일 뿐이지만.

  최근에 많은 일이 있었다.

  ——하지만 설마 사람의 모습으로 변할 줄이야.

  일 다람쥐들이 든 별종 호두에 갇혔을 때 아크가 마력을 넣어주었다. 그 결과로 나는 파워 업 해 실체화가 가능하다.

  그래 봐야 손바닥만 한 크기이지만.

『저기, 달리아! 난 일 다람쥐들 덕에 파워 업 했는데 혹시 다른 것도 가능해?』

  일 다람쥐들이 아직 무언가를 숨기고 있지는 않을까? 만약 그런 존재나 방법이 달리 또 있다면 나는 좀 더 강한 방패가 될 텐데.

  그리되면 아크를 더욱 안전히 지킬 수 있는 방패가 될 거라 생각한다.

  내가 물어보았지만 달리아는 나를 힐끔 쳐다보더니 고개를 돌렸다. 윽. 달리아는 본인의 정보를 포함해서 좀처럼 무언가를 말해 주려고 하지 않는다.

『일 다람쥐는 내가 무엇을 해 주길 바라는 걸까?』

물론 풀페스트에 봄을 불러와 주길 바란다는 건 안다. 하지만 그게 전부가 아닌 듯한 느낌이 든다.

──그렇지 않다면 느닷없이 별종 호두 속에 가둬 두진 않을 테니까.

"일 다람쥐라……. 달리아가 정보를 조금 주긴 했지만, 아직 모르는 게 많아."

내 말에 아크가 쓴웃음을 지으면서 "나도 알아보고는 있지만 말이야."라고 말했다. 보물을 포함해서 나에 관한 정보는 좀처럼 손에 넣기 어렵다.

……아주 옛날 일이라서 누군가에게 물어볼 수도 없는 노릇이다.

열심히 알아볼 테니 걱정하지 말라며 웃는 아크에게 미안한 마음이 들었다. 모든 면에서 나 때문에 고생하고 있다.

귀한 유소년기의 시간도 나를 위해 할애해 주었다. 언제나 울보였던 아크는 나를 위해서 의젓해지자고 생각했을 것이다──. 원래 나이보다 훨씬 어른스러운 아이가 되고 말았다.

『아크…….』

"괜찮아, 하미아. 기운 내."

아크는 싱긋 웃으면서 방패인 나를 쓰다듬었다.

"나 참, 너도 고집이 세군……."

링이 자신의 쌍검을 손가락으로 딱 하며 두드리자 달리아가

『시끄러워.』라고 말하며 뾰로통한 표정을 지었다.

『나도 모든 걸 알지는 않아. 단, 일 다람쥐들도…… 다 생각이 있겠지.』

"뭔가 찜찜한 걸……."

말끝을 흐리는 달리아의 말을 듣고 링이 머리를 긁적였다.

──역시 일 다람쥐들도 무슨 생각이 있겠지. 달리아가 조금만 더 알려 주면 좋을 텐데, 내게 말 못 할 이유라도 있는 걸까……라고 추측했다.

천천히 시장을 걸으면서 아크가 두리번두리번 주변을 둘러보았다.

"활력이 넘치는 마을이네."

"그렇군. 활기도 있고 음식들도 맛있어 보여."

유럽 거리와 비슷한 풍경으로, 거리에는 다양한 가게가 늘어섰다.

풀페스트와는 다르게 채소 종류도 다양해서 보고만 있어도 즐겁고, 어린아이가 엄마와 함께 장을 보는 모습도 마음을 훈훈하게 만들었다.

그러한 광경을 부러운 시선으로 바라보던 아크는 구운 고기를 파는 노점을 가리키면서 점심을 먹자고 제안했다.

"일단 뭐 좀 먹자──!"

"하스티아크?"

발걸음을 떼려던 아크의 발이 갑자기 멈췄다.

게다가 아크의 머리카락이 흔들려 귀걸이 모습을 한 나도 덩

달아 흔들렸다. 흔들림이 멈추기 직전에 자그마하게 들린 것은 아크를 부르는 목소리였다.

노크타티에서 아크를 아는 사람은 많지 않을 것이다. 그런데 대체 누굴까 궁금해하며 나도 아크가 향한 쪽으로 시선을 돌렸는데——?

『빌프레드 왕자와 크리스잖아?!』

어째서 이런 곳에 있는 거지.

아크를 발견한 두 사람이 우리 쪽으로 걸어왔다. 링도 눈치챈 모양인지 우리 사이에는 긴장감이 흘렀다.

아크가 몰래 성을 빠져나온 것을 이 두 사람이 모를 리가 없다.

북적이는 인파를 헤치면서 빌프레드 왕자가 아크 앞으로 다가왔다.

살짝 흔들리는 붉은 머리와 그 사이로 엿보이는 검은 눈동자. 성검을 손에 들고 크리스털 드래곤에게 맞섰던 왕자다.

"너, 여기 있었던 거냐……? 오랜만이군."

"……빌프레드 형님도 여전하시네요."

"경계하지 않아도 돼. 네가 성을 나갔다고 한 소리 할 생각은 없으니까."

『——!』

분명히 치근덕거리며 듣기 싫은 말을 하거나, 아니면 강제로 끌고 갈 줄 알았는데! 타박하지 않을 줄이야!!

빌프레드 왕자에게 들은 말이 너무 의외였다. 그것은 아크도 마찬가지였는지 눈을 끔벅이고 있었다.

"어? 하스티아크, 방패는 어쨌지……?"

『……! 아 참, 내가 모습을 바꾸는 건 링만이 알고 있지…….』

아크의 귀에 분명하게 매달린 귀걸이 형태의 나.

이 형님 왕자들은 내가 방패로 있을 때 모습만 보았다. 그래서 의심이 가득한 눈초리로 아크를 바라보았다. 이 위기를 어떻게 극복해야 할지 몰라 안절부절못하고 있을 때, 아크는 눈 하나 깜짝 않고 자연스럽게 이유를 말했다.

"……여긴 사람이 많아서 숙소에 두고 왔어요."

"그랬군. 그건 보물이니 특별히 신경 써서 관리하도록 해."

"물론이죠."

주의를 주는 빌프레드 왕자의 태도에 부아가 치밀었다.

아크가 나를 얼마나 소중히 대해 주는지 알기나 해? 아마 빌프레드 왕자의 성검보다 정성스럽게 손질할 것이다.

매일 밤 깨끗하게 닦아 주고, 아무 데나 방치하는 일도 거의 없다. 오히려 공주 대접을 받는다고 해도 과언이 아닐 것이다.

……이렇게 나열하고 보니 왠지 아크는 내가 방패인 걸 잊은 듯한데? '그냥 보통 장비처럼 다뤄도 괜찮은데'라는 생각에 헛헛한 웃음을 지었다.

"…………."

잠깐의 침묵이 지난 후, 아크가 입을 열었다.

"……어째서 제가 성을 빠져나온 사실을 나무라지 않으시죠?"

"아아, 그건 줄리에타의 판단이야."

"줄리에타 누님이 왜 그런 판단을……?"

줄리에타 공주는 쥘부채 보물을 가진 제2왕녀다.

나와 아크를 북쪽 탑에 가둔 심술궂은 공주인데 어째서 그런 판단을 한 걸까.

옆에서 지켜보던 크리스가 계속해서 말을 이어가려던 빌프레드 왕자를 가로막으며 끼어들었다.

"너 같은 녀석 때문에 성 사람들을 번거롭게 할 필요가 없다는 줄리에타 왕녀의 배려지."

"크리스티아노 형님. ……그건, 죄송합니다. 배려해 주셔서 감사합니다."

"흥. 나라에 근심거리가 되지 마. 언젠가 나나 빌프레드 형님이 국왕이 될 테니까."

여전히 얄미운 말투로 말하는 걸 보고 나는 발끈했다. 저런 크리스가 21세라니 어처구니가 없다. 아크가 훨씬 어른스럽다.

『재수 없어. 저런 녀석이 왕이 된다고? 기가 찬다, 기가 차!』

『누가 아니래.』

들리지 않는다는 것을 핑계로 하고 싶은 말을 다 해 버리자, 평소에는 말수가 적은 달리아도 동참했다.

좋아, 좋아. 무기끼리 죽이 잘 맞네.

『나이 차이가 크게 나는 형제니까 좀 더 친절히 대해 줘도 될 텐데!』

『그건 좀 생각해 봐야 하는 문제 아닐까?』

『왜? 형제라면 우애 있게 지내는 게 제일 좋지 않아?』

『그것보다 나라가 제 기능을 다 하는 게 우선이야.』

그렇구나. 달리아는 나라를 중요시하는군……. 확실히 그것도 중요하다.

그렇지만 빌프레드 왕자도 크리스털 드래곤에게 속수무책으로 당했는데……. 왠지 이 나라의 미래가 불안하기 시작했다.

이 왕자들이 나라를 잘 다스릴 수 있을까.

『──앗! 그러고보니 크리스는 달리아의 전 주인이잖아?』

나는 화들짝 놀라며 나도 모르게 크리스의 허리를 쳐다보았다. 그곳에는 늘 보물인 쌍검 달리아를 찼었다. 지금도 분명히 쌍검을 허리에 차고 있지만, 예전과 똑같은 것인지는 모르겠다.

달리아와 크리스 사이에 무슨 일이 있었던 걸까? 아니면 달리아가 일방적으로 크리스를 포기한 걸까? 어느 쪽인지 모르겠다.

상식적으로 생각하면 달리아가 크리스를 포기했다는 가설이 설득력 있게 들린다. 크리스의 보물이 되고 싶다는 괴짜 보물은 아마 없을 것이다. 절대로 없을 것이다. 일단 나는 싫다.

달리아를 보니 싫은 기색을 노골적으로 팍팍 드러내고 있다.

──우리, 크리스를 엄청 싫어하는 걸로 동맹을 맺을 수 있을 것 같지 않아?

그런 생각이 머릿속에 떠올랐다.

『난 쌍검이야. 풀페스트를 위해서 해야 할 일이 있어. 크리스티아노는 그것을 이해하지 못해. 그게 다야.』

『해야 할 일…….』

의미심장한 말. 그 일이 대체 무엇인지 묻고 싶지만, 찡그린 표정을 보니 내용까지는 말해 줄 것 같지 않았다.

──달리아에게 해야 할 일이 있다면 내게도 해야 할 일이 있을 것이다.

그것은 풀페스트에 봄을 불러오는 일이다.

"크리스티아노, 적당히 해. 하스티아크는 영리하니까 문제없을 거야. 단, 언제쯤 귀국할 건지는 확실히 알고 싶어."

"귀국 시기, 말인가요?"

"그래. 너도 열네 살이잖아. 곧 어른이 돼. 약혼자도 정식으로 정해야 하고."

『약혼자……!』

그렇구나. 왕족들은 어릴 때부터 약혼자를 정한다고 들었다.

이 두 왕자가 결혼했다는 것을 새삼스럽게 떠올렸다.

"그건── 몇 번이나 거절했었습니다."

『!』

세상에. 언제 그런 이야기가 오갔던 걸까.

내가 들은 기억이 없으니 아마 잠들었던 1년 동안 이야기가 오간 모양이다. 크리스털 드래곤을 격퇴한 영웅이라고 소문이 난 아크다.

약혼 신청이 빗발쳤대도 이상할 게 전혀 없다.

──왠지 아크가 부쩍 커 버린 느낌이 든다.

나만 뒤처진 듯한, 약간의 쓸쓸함이 감돈다.

아크의 말을 듣고 빌프레드 왕자는 난처한 듯 고개를 저었다.

"거절한다 해도 개인의 의견이 그리 쉽게 받아들여지진 않아. 네 방패의 힘으로 약간의 자유는 보장받을 수 있지만……."

"…………."

듣자 하니 나라는 보물 방패를 가진 사실이 아크에게 힘이 되어 주는 모양이었다. 다행이라고 생각한다. 하지만 그렇다고 멋대로 행동해도 된다는 뜻도 아니다.

분하다는 듯 얼굴을 찌푸리는 아크를 보고 걱정이 되었다. 이다지도 원치 않는 결혼인 걸까.

상대가 귀여운 공주님이 아닌 연상인 아줌마 왕녀라면……확실히 축복하기 힘들 것 같긴 하다.

——아크가 세상에서 가장 행복해졌으면 좋겠다.

빌프레드 왕자가 한차례 한숨을 내쉬고 망토를 펄럭였다.

"뭐, 됐어. 언제쯤 귀국할지 계획이 세워지면 일단 연락해."

"……알겠습니다."

빌프레드가 아크에게 다시금 거듭 확답을 받은 후에야 우리는 해산했다.

빌프레드 왕자, 크리스와 헤어지고 우리는 노점에서 점심을 먹고 숙소로 돌아왔다.

내가 무언가를 하는 건 아니었지만, 그런 자리는 분위기가 팽팽하기 때문에 긴장된다. 상대방의 신분이 더 높기 때문에 강하게 나갈 수도 없으니까.

『아크에게 약혼자 후보가 있다니, 놀랐어.』

"형님들이 멋대로 정하려는 것뿐이야. 다른 나라 공주나 명문가 영애를 내게 시집 보내서 나를 자기 파벌로 넣으려고 해."

『파벌 싸움이라. 그다지 얽히고 싶지 않네……..』

애초에 그런 진창 같은 싸움에 말려들면 도저히 행복할 수 없을 것 같다.

"첫째, 둘째 형님은 한창 왕위 계승자 싸움을 벌이는 중이야. 그래서 연줄을 만들려고 타국과 외교적으로 많이 접촉한대."

"그럴 만도 하지. 역시 우세한 건 빌프레드 형님이지만, 크리스티아노 형님은 어머니가 자국의 공작 가문 출신이라 국내 권력이 강해."

"그렇구나. 정비(正妃)는 샤르단의 제3왕녀였지?"

아내들의 균형을 잘 맞추었군.

그러니 크리스가 샤르단의 비호를 원할 만도 하다고 쉽게 상상이 갔다. 샤르단과 빌프레드 왕자 사이에만 연줄이 있는 상황을 크리스는 안 좋게 생각할 것이다.

『나 참, 가족끼리 싸우다니 왕족들은 정말 한가한가 보군.』

『그건 동의하는 바이지만, 원래 다 그런 거 아니야?』

국왕이 되기 위해서 자신의 형제를 독살하는 드라마나 소설은 꽤 많다.

평화롭게 누가 왕이 될 것인지 정해지면 좋겠지만—— 이러니저러니 해도 형제가 너무 많다. 아크도 제6왕자다. 위로 형님이 다섯 명이나 있다.

참고로 아크의 어머니는 제4왕비인 모양이다…….

"뭐, 풀페스트는 눈으로 뒤덮였으니 다른 나라보다 한가할지도 모르겠네."

내가 달리아의 말을 아크에게 전달하자, 아크는 그리 말하며 쓴웃음을 지었다.

설국이라서 밖으로 나가는 것도 힘들다. 한 차례의 외교 사절에도 맑은 날이 많은 나라와는 비교가 되지 않을 만큼의 비용이 든다.

그것은 물론 세금으로 충당하기 때문에……. 외교에만 몰두하면 국민에게 불만이 터져 나와 여간 골치 아픈 일이 아니라고 한다.

『흠…….』

형이 나라를 통치하고 아크는 나라에 봄을 부른다.

매우 바람직한 형제라고 생각하지만, 현실은 바늘방석이 따로 없다.

"왕족 이야기는 이제 그만해. 이것만큼은 어떻게 할 수 없는 거니까."

"응. 무슨 일이 생기면 나한테 명령하면 돼. 난 하스티아크의 기사니까."

"고마워, 링."

『나도 아크를 지키는 방패야! 털끝 하나도 건드리지 못하게 할 거야!』

"하미아도 고마워. 그렇게 생각해 주는 동료가 있어서 기뻐."

더 기뻐해도 좋아. 후훗.

아크에게서는 조금 전까지의 괴로운 듯한 표정은 사라지고 미소가 찾아왔다.

"일단 지금은 나보다 크리스털 파편이 중요해. 그리고 금전을 마련하는 것도."

"듣고 보니 그러네. 뭐, 돈은 아직 여유가 있으니까 일단 이동하자."

이 마을에는 아크의 두 형이 체류하고 있다.

또 다시 우연히 만난다면 귀찮은 일이 벌어질지도 모르니까 링이 이동할 것을 제안했다. 이의를 제기하는 멤버가 없었기 때문에 내일 당장 마을을 떠나기로 결론을 내렸다.

하지만——.

똑똑, 불길한 노크 소리가 실내에 울려 퍼졌다.

초라한 여관방에 아크와 링을 찾아올 사람이 있을 리 만무했다. 불길한 예감이 든다고 중얼거리면서 링이 응대하려고 일어섰다.

문을 열자, 그곳에는 빌프레드 왕자의 기사가 서 있었다.

『대체 무슨 일로 온 거지?』

"……대충 예상은 되지만."

빌프레드 왕자의 기사는 곧바로 돌아갔다. 그 사실에 조금은 마음을 놓았지만, 기사가 온 목적은—— 아크를 노크타티 왕국이 주최하는 무도회에 참석시키는 것이었다.

"빌프레드 형님은 나를 무도회에 데려가서 주위 사람에게 내가 형님 쪽 사람이라고 생각하게 만들려는 것 같아. ……크리스털 드래곤을 무찔렀다는 이야기는 다른 나라에도 파다하게 소문이 났으니까."

"실은 하미아의 힘으로 무찌른 건데."라며 아크가 쓴웃음을 지었다.

──앞으로도 위업을 달성해 줄 아크를 지금 자기편으로 끌어들이려는 건가.

뭐, 확실히 좋은 작전이라고 생각한다. 왜냐하면 우리 아크는 상당히 우수하니까.

링의 손안에는 빌프레드 왕자의 기사에게 받은 초대장이 있다.

"잘도 이렇게 짧은 시간에 초대장을 준비했네……."

아크는 한숨을 내쉬면서 받았으니 갈 수밖에 없다며 초대장을 펼쳐 보았다.

"무도회는 3일 후에 열리나 봐. 미안하지만 무도회가 끝난 후에 이동해야 하겠네."

미안하다는 듯 말하는 아크에게 나는 신경 쓰지 말라고 말했다. 왜냐하면 아크가 가고 싶지 않다는 건 표정에 이미 드러났으니까. 얼굴은 웃고 있지만, 눈이 웃지 않았다.

"그럼 준비를 해야겠네."

"응, 예복이고 뭐고 아무것도 준비해 오지 않았으니까. 하지만 빌프레드 형님이 어느 정도는 갖고 있을 테니 내가 확인해 볼게."

"알겠어."

왕국이 주최하는 무도회라. 풀페스트처럼 가난하진 않은 것 같으니 분명 화려하고 호화롭겠지.

아크가 초대장을 집어넣으면서 링에게 미안한 표정을 지었다.

"링은 무도회에 같이 갈 수 없어."

"아, ──그렇군."

『아크의 기사인데 같이 못 들어가?』

왜? 그렇게 생각하는 나와 달리 링은 그 이유를 아는 모양이었다. 이해했다는 듯 고개를 끄덕이더니 어쩔 수 없다며 어깨를 으쓱했다.

"링이 나의 기사인 건 확실하지만, 풀페스트에 정식으로 등록하지는 않았어. 그래서 무도회 같은 공식적인 자리에 데려갈 수 없는 거야."

『그렇구나…….』

그렇군. 주인인 아크가 인정하는 것만으로는 부족하구나. 공식적인 자리에 참석하는 것이니, 나라의 허가가 필요한 것도 이해는 간다.

링이 그 사실을 안 것은 학교 수업에서 배웠기 때문인 듯했다. 아크와 링이 다녔던 학교는 전투, 사교, 일반 지식 등, 다양한 과목을 가르쳤다.

평민들 가운데서 입학한 링은 장래가 촉망되는 학생 중 한 명.

풀페스트에서 절차를 밟으면 정식 기사로 인정받을 수 있지만, 우리는 도망치듯 나라를 떠났으니까.

……링도 정식 기사가 되고 싶은 마음이 있는 걸까?

"뭐, 나는 하스티아크에게 인정받았으니 그걸로 족해. 무도회 같은 건 따분하니까."

『링은 무도회가 지루해?』

딱 봐도 그러한 휘황찬란한 세계는 좋아하지 않을 것 같다. 더군다나 평소에도 아크에게 반말을 쓰니까, 제대로 존칭을 쓸지 어떨지 부터도 걱정이다.

"좋아하진 않아."

『흐음……. 난 약간 동경하는데.』

예쁜 드레스를 입고 춤을 추고, 맛있는 요리를 먹고…… 재미있을 것 같다. 방패인 내가 참가할 수는 없지만, 실체화를 ON으로 하면 분위기만이라도 느낄 수 있지 않을까?

"방패가 무도회에 참석해서 뭐 하려고? 연인으로 삼을 검이라도 찾으려고?"

『윽, 실례잖아!!』

"뭐가?"

내 연애 상대는 검이 아니야!!

그래서 달리 상대가 있냐고 묻는다면 대답은 'NO' 이지만. 방패라서 인간과 사랑을 나눌 수 없다. 하지만 그렇다고 나와 같은 방패── 무기와 사랑을 한다는 것은 말도 안 된다.

연애가 가능하려면 나처럼 의식을 가진 보물이나 무기, 방어 장비 정도? 달리아를 힐끔 쳐다보고 역시 그건 좀 아니라고 생각했다.

일단 나는 아크만 지킬 수 있다면 그것으로 만족한다.

"하미아, 무도회에 가고 싶어?"

『응? 아, 왠지 가면 즐겁겠다고 생각했을 뿐이야.』

링과 대화하는데 아크가 눈을 동그랗게 뜨고 나를 바라보았다. 여자아이들은 좋아할지도 모르겠다고 말하는 건, 본인은 무도회를 좋아하지 않는다는 것과 똑같은 거야. 아크.

"하미아가 드레스를 입으면 귀여울 것 같아."

아하하 웃으면서 다음에 선물해 주겠다고 아크가 말했다.

"방패에게 옷을 사 줘서 뭘 어쩌려고……."

링이 무심코 한 말은 신경 쓰지 않기로 했다.

◇　◇　◇

반짝반짝 빛나는 샹들리에는 무척이나 화려한 자태를 뽐내며 무도회장을 휘황찬란하게 비추었다. 사람들은 눈부신 연회복을 차려입고 술이 든 유리잔을 입술에 갖다 댔다.

나도 모르게 한숨이 새어 나올 정도로 화려하다. 풀페스트 학교에서 열린 첫 무도회와는 비교가 되지 않을 정도로 호화스럽다. 내 시선은 오른쪽, 왼쪽, 이쪽저쪽을 옮겨다니기 바빴다.

아크는 초연한 표정을 지은 채 회장 안으로 걸어갔다. 검은색 파티복이 색이 연한 아크의 금색 머리카락을 돋보이게 만들어 주었다.

본래는 여성 파트너를 대동하는 것이 상식이지만, 여행 중이라 아크 혼자 참석했다. 사실 파트너가 되겠다고 한 노크타티의 공주도 있었는데 거절했다. 아크는 부끄러운 걸까?

나는 귀걸이로 모습을 바꾸어 아크의 왼쪽 귀로 향했다.

『그러고 보니 링은 괜찮을까?』

링은 정식 기사가 아니라서 대기실에서 대기 중이다. 기사를 대동한 것은 몇몇 왕족뿐이었다.

"괜찮아, 링은 저래 보여도 허술하지 않으니까."

『그래?』

그럼 상관없다고 생각하는 와중에 시야 안으로 빌프레드 왕자가 들어왔다. 그쪽에서도 우리의 존재를 눈치챈 모양인지 곧바로 아크에게 말을 걸었다.

"하스티아크."

빌프레드 왕자 옆에는 귀엽게 생긴 영애가 있었다. 나이는 10대 중반쯤? 허니블론드색 머리카락이 구불구불 말려 있다.

"처음 뵙겠습니다, 하스티아크 전하. 에이미 샤르트르입니다."

"아아, 샤르트르 공작의…… 만나 뵙게 되어 영광입니다, 에이미 아가씨."

오오, 아크가 왕자처럼 행동하고 있어!!

아크는 부드러운 미소를 생긋 지으면서 영애의 집안을 슬쩍 언급했다. 예전에 학교에 입학하기 전, 나라의 귀족을 외운 적이 있었는데, 설마 다른 나라 귀족까지 외우고 있었다니 정말 대단해.

"한 번쯤 꼭 만나 뵙고 싶었습니다. 대화를 나누게 되어 무척 기쁩니다."

볼을 살짝 물들인 에이미 양은 사랑에 빠진 여자아이 그 자체다. 이렇게 귀여운 여자아이가 약혼자라면 아크도 행복할 수 있으려나.

"고마워요."

빌프레드 왕자가 아크에게 약혼을 하라고 했는데, 잘 어울릴 영애라도 찾아 주려는 걸까?

"하스티아크는 이번에 처음으로 풀페스트 밖으로 나왔어. 이걸 계기로 많은 분께 소개하고 싶어."

"그러셨군요……."

빌프레드 왕자는 동생을 염려하는 형을 연출했는데, 에이미 양은 거기에 속아 "저희 집에 꼭 초대하고 싶어요."라고 의사를 표시했다.

아크는 웃으면서 대응했지만, 낯가림이 심한 편이라서 슬쩍 피하려고 했다.

"에이미!"

"어머, 오라버니."

"앗, 빌프레드 전하도 계셨습니까."

느닷없이 아크 앞에 있던 에이미 양의 팔을 한 남성이 휙 낚아챘다. 무슨 일인가 했더니만 에이미 양의 오빠였군.

공작가의 자제인가? 그것을 나타내듯, 오빠라는 사람 뒤에는 두 명의 기사가 서 있었다. 기본적으로는 왕족이 정식 기사를 대동하지만, 신분이 높은 귀족도 기사를 대동하는 모양이었다.

오빠라는 사람은 아크를 힐끔 바라보더니 흥 하고 코웃음을 쳤다.

"왕족이라고는 하나 기사 한 명 대동하지 않았잖아. 이런 녀석에게 에이미를 시집보낼 수는 없지."

우왓, 시스터 콤플렉스였어.

에이미 양은 뾰로통한 얼굴로 "오라버니와는 상관없는 일이에요."하고 화를 냈다. 빌프레드 왕자는 익숙한 광경인지 포기했다는 표정으로 어깨를 으쓱했다.

대화를 들어 보니 빌프레드 왕자와 에이미 양의 오빠는 친분이 있는 듯했다. 그러니 예전부터 교류해 왔는지도 모른다.

"오라버니가 실례했습니다, 하스티아크 전하."

"아뇨, 신경 쓰지 않으니 괜찮습니다."

오빠 대신 사과하는 에이미 양이 기특했다.

"넌 이제 동생 일에 신경 좀 꺼. 곧 결혼도 할 거잖아?"

"그건 그거고 이건 이거야. 빌프레드 전하의 동생이라고는 해도 이런 약해 빠진 남자에게 내 동생을 줄 수 없어."

『이 사람, 장난 아닌데……?』

착각이 심한 타입이군. 그건 둘째 치고, 아크에게 정식 기사도 없는 사람이라든가, 약해 빠졌다고 하는 건 폭언 아니야?

몰래 마력을 흡수해 버려야지.

『'마력 대량 흡수'!』

"——앗!"

말을 하면 아크에게 들키겠네. 뭐, 괜찮아. 에헤헷☆

에이미 양의 오빠에게 빼앗은 마력은 600. 적은 양이지만 어차피 기대하지도 않았다. 크리스에게 빼앗으면 500이니까 크리스보다 조금 더 강한 건가? 역시 크리스 피라미설이 맞았어.

『웃차…….』

멋대로 행동하지 말라는 듯 아크가 귀걸이로 변신한 나를 만졌다. 혼은 났지만, 씁쓸한 미소를 짓는 걸 보니 진짜 화가 난 것 같지는 않다.

이야기를 마무리 짓고 아크가 자리를 뜨려는데, 때마침 댄스 음악이 흘러나왔다. 몇몇 커플이 춤을 추기 시작했고, 짝이 없는 영애가 아크에게 시선을 보내는 걸 눈치챘다.

『아크, 인기 많은데?』

"전혀 기쁘지 않아."

내가 그리 말하자 아크는 살짝 토라진 것처럼 볼을 부풀렸다.

"……게다가 타이밍이 최악이야."

『?』

아크는 누구에게도 안 들릴 정도의 작은 목소리로 중얼거리며 한숨을 쉬었다. 뭐가 최악이라는 거지? 라고 생각했는데 곧 그 이유를 알 수 있었다.

에이미 양이 눈을 반짝반짝 빛내면서 아크를 바라보았다. 춤을 권해야만 하는 타이밍이다. 빌프레드 왕자가 눈짓으로 아크에게 춤추라고 하는 걸 알 수 있었다.

"에이미 아가씨, 괜찮으시다면 한 곡 추실까요?"

"네, 기꺼이."

아크가 우아하게 인사하며 에이미 양의 손을 잡았다. 시스터 콤플렉스인 에이미 양의 오빠가 무슨 말을 하려고 했지만, 빌프레드 왕자가 가로막았다.

다른 나라의 왕족과 공작 가문의 자제가 싸우면 좋지 않으니까.

아크와 에이미 양은 잔잔한 음악이 흘러나오는 가운데 댄스 대열에 합류했다. 귀여운 리본이 달린 크림색 드레스가 리듬에 맞춰 흔들렸다.

──아크, 춤 실력이 좋은데?

평소에 따로 연습한 것도 아닌데 어쩜 저렇게 완벽히 추는 걸까. 물론 학교 수업 때 레슨을 받긴 했지만.

『…………』

춤을 추는 두 사람 사이에 딱히 오가는 대화는 없다.

하지만 에이미 양이 즐거워하는 게 표정에 다 써있었다. 이렇게 아크와 마주 서서 춤추며 웃을 수 있는 건…… 솔직히 조금 부럽다.

예전에는 이런 생각을 하지 않았는데. 쓴웃음이 나왔다.

분명, 파워 업 해 실체화가 가능하니까 욕심이 생긴 것일 테지.

──좋겠다.

인간다운 감정이 내 마음 한구석에서 싹텄다.

아니, 애당초 나는 인간이었으니까 환생했을 때부터 인간으로서의 감정을 가지고 있었는지도 모른다. 방패로서의 감정이라는 게 있을 리도 없고.

『──어?』

"?"

콩 하는 가벼운 소리가 내 귀에 닿았다.

대체 무슨 일인가 싶어 주변을 돌아보자 바닥에 일 다람쥐가 들고 있던 별종 호두가 떨어진 것을 발견했다.

『별종 호두가 떨어졌잖아?』

내 말을 듣고 아크도 춤을 추면서 눈치껏 시선을 바닥으로 떨구었다. 별종 호두를 발견했는지 고개를 살짝 끄덕였다.

『느려터졌군~!』

『우왓, 일 다람쥐가 말을 하잖아!!』

찍찍 하고 우는 소리가 들려서 그쪽을 쳐다보니 별종 호두를 든 일 다람쥐가 잔뜩 있었다.

"앗……?!"

갑자기 나타난 일 다람쥐 때문에 회장이 소란스러워졌다.

나와 아크는 상관없었지만 에이미 양은 이 이상한 광경에 놀라 소리를 질렀다.

일 다람쥐는 귀여웠지만 그 수가 보통이 아니었다. 한두 마리라면 몰라도 지금 이곳에 있는 일 다람쥐는—— 놀랍게도 100마리 정도는 가볍게 넘지 않을까.

"이게 대체 무슨 일이지……? 에이미 아가씨, 제 곁에서 떨어지지 마세요."

"네, 하스티아크 전하."

아크가 에이미 양을 뒤로 숨기면서 앞으로 나섰다.

——이 일 다람쥐들은 대체 뭘 할 셈이지?

달리아의 이야기로는 다람쥐는 우리 편인 것 같았다. 풀페스트에 봄의 씨앗을 가져와, 내가 실체화 할 수 있게 파워 업 하도록 만들어 주었으니까.

『일 다람쥐가 여긴 왜 온 거지?』

일단 대화가 가능하다면 대화로 해결하는 게 가장 좋다. 나는 천천히 물어보았다.

『녹왕, 어째서 크리스털 파편을 손에 넣으러 가지 않는 거지?! 서둘러, 서둘러!!』

『응? 일단 열심히 찾는 중인데?』

손에 넣고 싶은 마음이야 굴뚝같다! 어디에 있는지 장소만 알면 날아서라도 손에 넣으러 갈 것이다. 하지만 남쪽에 있다는 것 말고 아는 게 없으니 어쩔 수 없다.

하지만 일 다람쥐들은 고개를 세차게 흔들었다. 풍성한 꼬리를 일제히 움직이며 외쳤다.

『거짓말! 크리스털 파편이 있는 장소는 달리아가 알아!!』

『뭐……?』

달리아가?! 달리아는 그런 말 안 했는데!! 심지어 우리는 달리아에게 크리스털 파편을 찾는다고 말했었다.

그런데 알면서도 가르쳐 주지 않은 거야?

"하미아?"

『응, 깜짝 놀랐지?』

"미안, 내게는 하미아의 목소리밖에 들리지 않아."

아크가 에이미 양을 신경 쓰면서 작은 목소리로 내게 말을 걸었다. 그리고 일 다람쥐의 목소리가 나에게만 들리는 것도 다시금 깨달았다.

『일 다람쥐들이 얼른 크리스털 파편을 찾으러 가래. ……그 장소는 달리아가 안대.』

"달리아가……."

하지만 아크에게는 달리아가 빛나는 구슬로 형태로밖에 안 보였고 목소리도 들을 수 없었다.

데구르르…… 별종 호두가 바닥에 굴러갔다.

『앗……!』

아니다. 굴러가는 게 아니라 일 다람쥐가 이쪽을 향해 별종 호두를 던지고 있다. 위력이 강하진 않지만 양이 너무 많다.

아크가 타깃인 거 같은데! 발에 별종 호두를 맞은 아크는 얼굴을 찌푸렸다.

『그, 그만해, 일 다람쥐들아!! 곧 찾으러 갈게.』

내가 소리를 질렀지만, 일 다람쥐들은 역정을 내면서 계속 별종 호두를 던져 댔다.

아크는 에이미 양을 감싸면서 조금씩 뒤로 물러섰다. 그와 동시에 빌프레드 왕자나 에이미 오빠의 기사들이 앞으로 나와 일 다람쥐들을 물리치려고 했다.

"에이미 아가씨, 물러나시죠."

"아, 네……."

기사들도 별종 호두 공격을 당했다. 설상가상으로 일 다람쥐들은 작고 재빠르다. 검으로 공격을 시도했지만, 생각처럼 되지 않는 모양인지 고전했다.

별종 호두가 이번에는 아크의 어깨에 맞았다. 점점 조준이 정확해지잖아!

『아크, 내가 방패가 될 테니 나를 들고 막아!』

"안 돼, 하미아."

『하지만.』

"호두라서 그렇게 아프진 않아."

귀걸이 상태인 내가 별안간 방패로 변하면 당연히 주변 사람들이 놀랄 테니 아크가 걱정하는 것도 이해는 한다.

하지만 빌프레드 왕자와 에이미의 오빠는 기사가 지켜 주는데 반해 아크는 정식 기사가 아닌 링을 데려올 수 없다. 그렇다면 아크를 지킬 수단은 나뿐인데.

——아크를 지키고 싶은데.

그럴 수 없는 상황이 생기다니 생각도 못했다.

『녹왕, 어서 크리스털 파편을 손에 넣어 줘~!』

『알겠다니까── 앗!!』

일 다람쥐들이 입을 모아 내게 외쳤다. '금방 손에 넣을 테니 이 별종 호두 공격을 멈춰 줘!!' 이렇게 말하려고 일 다람쥐를 바라보았는데── 말문이 막히고 말았다.

일 다람쥐 몇 마리가 힘을 모아 높이가 1미터는 족히 넘어 보이는 거대한 별종 호두를 들고 있었다.

다람쥐들이 갖고 있을 만한 사이즈가 아니잖아!! 라고 딴지를 걸고 싶었지만, 실제로 그 모습을 보니 그저 입을 벌리고 바라볼 수밖에 없었다. 물론 방패라서 입은 없지만.

『잠시만, 그건……!』

아크는 몸이 연약해서 그런 걸 맞았다가는 반으로 쪼개지고 말 거야!

"하미아!!"

아크가 나를 부르는 소리를 듣고, 난 그것을 방패로 변신해도 좋다는 신호로 판단했다. 곧바로 변신하고자 시스템을 사용하려고 했으나── 아크의 손에 제지당했다.

『앗……?』

아크는 귀에서 귀걸이 형태인 나를 빼내어 양손으로 껴안듯이 쥐었다. 분명 나를 보호하려는 것이리라.

『입장이 반대가 됐어, 내가 아크를 지켜야 하는데!』

어째서 아크가 나를 지키려는 거냐고!!

내가 크게 절규했지만, 아크는 고개를 저으면서 내 말을 부정할 뿐이었다. 별종 호두가 이쪽을 향해 날아오는 것이 시야에 들어왔다.

위험해, 아크가 맞겠어.

그리 생각하는데, 그보다 먼저 우리 앞에 검은 그림자가 나타났다. 그리고 양손에 든 검으로 거대한 별종 호두를 베어 내더니 "후." 하고 숨을 내쉬었다.

『링!!』

양손에 쌍검 달리아를 쥐고 일 다람쥐들을 똑바로 노려보는 링의 뒷모습이 내 눈앞에 있다.

"……미안해, 늦었지?"

"괜찮아. 기다렸어."

『………….』

아크에게 늦어서 미안하다고 사과하는 링을 보니 쌍검을 든 손이 살짝 흔들렸다. 링은 천천히 몸을 움직여 앞으로 넘어질 듯 숙이더니 바닥을 박찼다.

단숨에 일 다람쥐들 사이를 파고 들어가 쌍검으로 다람쥐들을 베어 버리려고 했는데── 달리아가 제지하듯 외쳤다.

『기다려, 링!』

"──윽! 달리아, 뭘 어쩌려고."

깔끔하게 동작을 멈춘 링이 달리아에게 화난 목소리로 물었다.

일 다람쥐들은 달리아가 크리스털 파편이 어디에 있는지 안다고 했었다.

그리고 달리아는 일 다람쥐들을 공격하는 것을 말렸다.

──일 다람쥐들이 한 말이 사실인가 보네.

『아크, 역시 달리아는 사정을 아는 것 같아.』

"알겠어. 일단, 이 자리를 수습해야 해…….혹시 일 다람쥐들과 대화할 수 있어?"

달리아의 출현으로 일 다람쥐들은 공격을 멈췄다. 아마, 지금이라면 일 다람쥐들과 대화할 수 있을 것이다. 노크타티 기사들이 초대 손님을 피신시키는 모습을 곁눈으로 보면서 나는 일 다람쥐들에게 말을 걸어 보기로 했다.

『저기, 일 다람쥐들아. 난 크리스털 파편을 원해. 어디에 있는지만 알면 지금 당장에라도 찾으러 갈 거야. 그러니 잠시 대화를 나누고 싶어.』

『녹왕…….』

내가 최대한 다정한 말투로 말을 걸자, 일 다람쥐들은 눈을 반짝이며 내 이름을 불렀다.

──맞아. 나도 일 다람쥐들도 목적은 똑같아.

풀페스트에 봄을 싹틔우는 것이 임무. 하지만 풀페스트는 이미 100년 이상 눈이 내리고 있다. 우리에게 맡겨진 소임을 전혀 해내지 못하는 답답한 상황이다.

거의 자포자기하고 싶은 심정일 것이다.

"하미아, 일단 장소를 옮기자."

『응, 그래야겠네.』

대부분의 초대 손님이 피신해서 남은 사람은 우리와 기사들뿐이었다. 이곳에 계속 있다가는 겨우 화해할 것만 같던 일 다람쥐들이 공격을 받고 말 것이다.

도망치라고 외치기도 전에 내가 무슨 말을 하려고 하는지 눈치챈 걸까. 일 다람쥐들은 재빠른 동작으로 회장에서 샤샤샥 도망쳤다.

『다행이다.』

주최 측인 노크타티── 기사들은 쫓아가려고 했지만, 작은
다람쥐를 쫓아가는 것은 아마 무리일 것이다.

우리는 성에 마련된 게스트 룸에서 쉬기로 했다.

나, 아크, 링, 달리아, 다람쥐 대표 한 마리.

이렇게 총 다섯 명(?)이 대화를 나누게 되었다.

장소는 성의 게스트 룸. 3인용 소파에 넓은 테이블. 링이 지도
를 펼치고 남쪽을 손가락으로 톡톡 두드렸다.

아무 말도 해 주지 않았던 달리아에게 무언의 압력을 행사하
는 거지? 안 봐도 뻔하다.

참고로 나와 달리아만이 일 다람쥐의 말을 알아듣는다.

"⋯⋯대체 어떻게 된 거야? 달리아."

가장 먼저 입을 연 것은 쌍검 달리아의 임시 주인이기도 한 링
이다. 말투가 상당히 날카로웠고 달리아를 뚫어져라 쳐다보는
터라 몹시 무섭다.

알면서 왜 말하지 않았냐고 달리아를 몰아세웠다.

『⋯⋯⋯⋯⋯』

하지만 달리아는 좀처럼 입을 열지 않았다.

──뭔가 말하기 어려운 사정이라도 있는 걸까?

달리아는 난처하다는 듯 눈썹을 찌푸렸고, 눈가는 살짝 젖어 있다. 약간 긴장된 분위기가 흘렀지만, 일 다람쥐가 분위기 파악을 못 하고 앞으로 나섰다.

『크리스털 파편은 고블린 킹한테 있어~! 어서, 어서 가지러 가!!』

『뭐? 고블린 킹이 크리스털 파편을 가지고 있다고?』

대체 어찌 된 일일까. 떨어뜨린 크리스털 파편을 고블린 킹이 줍기라도 했다는 거야?

일 다람쥐의 설명으로는 뭐가 뭔지 알 수 없었다.

그리 생각했을 때, 달리아가 체념했다는 듯 사정을 설명하기 시작했다.

『아시다시피 난 풀페스트의 보물인 쌍검 달리아야. 쌍검은 녹왕의 길, 그 앞을 열어 주는 바람이지.』

『나의, 길…….』

달리아는 고개를 끄덕이며 말을 이었다.

『그래서 나는 크리스털 드래곤의 크리스털이 깨지고 나서 가장 먼저── 크리스털 파편을 쫓아 풀페스트를 떠났어. 결과는 너희가 보는 바와 같지만.』

──달리아는 풀페스트를 위해 움직인 건가?

그 사실을 듣고 가슴이 벅차오르는 것을 느꼈다.

크리스털 파편을 쫓아 풀페스트를 뛰쳐나온 달리아는 이곳,

노크타티에서 파편을 발견한 모양이었다.

하지만 타이밍이 최악이었다. 발견자는 달리아만이 아니었다. 마침 마물 고블린도 같은 장소에 있었던 것 같다. 곧바로 크리스틸 파편을 빼앗으려고 했지만, 고블린이 크리스틸 파편의 힘으로 고블린 킹으로 진화하고 만 것이다.

……그건 확실히 좋지 않은 상황이다. 주인인 크리스가 없는 상황에서는 달리아가 힘을 발휘하기 어렵다. 아무리 강한 무기라 해도 사용해 줄 주인이 없다면 말짱 도루묵이다.

『고블린 킹은 어느 한곳에 정착하는 습성이 없어. 부하를 늘리기 위해서 항상 이동하는 마물이야.』

『우리가 봤어! 지금은 훨씬 남쪽에 있어!!』

달리아의 설명에 일 다람쥐가 고블린 킹이 현재 있는 곳을 알려 주었다.

『크리스티아노는 자신이 무엇을 해야 하는지 몰라. 그래서 난 내 주인으로 어울릴 인간을 만나기 위해 그곳에 있었던 거야. ……고블린 킹을 뒤로하고.』

『우리가 처음 만났던 그 숲에?』

내가 확인하자 달리아는 고개를 끄덕였다.

『쌍검은 왕이 되기를 원해서는 안 돼. 길을 열기 위해 검을 휘두르지 않는 자는 내 주인으로 어울리지 않아.』

크리스틸 파편을 손에 넣어 진화한 고블린 킹을 무찌르기 위해서는 새 주인이 필요했다고 달리아가 말했다. 그 후보로 선택된 것이 링인 것이다.

『그런 거라면 크리스틸 파편을 가진 고블린 킹을 해치우자고 솔직히 말했으면 좋았잖아.』

그랬으면 기꺼이 고블린 킹을 잡으러 갔을걸? 하지만 생각해 보면 달리아는 자존심이 강하니 '함께 고블린을 해치우러 가 줘!' 라며 속내를 드러내진 않았을 것 같다.

내 생각을 꿰뚫어 보기라도 한 듯 달리아가 말을 이었다.

『실은 나 혼자서 되찾았으면 더 좋았겠지만.』

달리아가 주먹을 꽉 쥐며 입술을 깨물었다.

『고블린 킹에게 파편도 되찾아오지 못하는 내가 꼴불견 같아 서 차마 도와 달라는 말을 못 하겠더라고…….』

달리아는 문득 내게서 고개를 돌렸다. 언제나 쿨하게 행동했 는데 지금은 부끄러운 걸까? 아니, ──분하다는 말이 더 적절 하리라.

아크에게 달리아의 말을 전달하자 이번엔 링이 입을 열었다.

"넌 나를 임시 주인이라고 했지? 그럼 지금도, 앞으로도 쭉 임 시인 거야?"

『주인으로 적합한지 어떤지는 지금 당장은 결정 못 해.』

링의 눈빛은 나를 선택하라고 말하는 듯이 보였다. 그 눈동자 에서 조금 전에 보여 준 노여움은 느껴지지 않았다.

"나는…… 아까 일이 너무 분했어."

"…………."

링은 한 박자 쉬고 나서 천천히 아크를 보며 심정을 토로했다. 그걸 조용히 듣던 아크도 링에게 시선을 향했다.

"하스티아크의 기사가 됐는데 중요한 순간에 지키지 못했어."

링은 허리에 찬 쌍검을 손으로 꽉 쥐었다.

"하스티아크에게 인정을 받았으니 딱히 정식 기사가 될 필요는 없다고 생각했었어. 하지만 그래선 안 돼. 부족해."

허리에서 쌍검을 뽑아 "달리아." 하고 이름을 불렀다.

그리고 링은 자신의 솔직한 마음을 아크와 달리아에게 전했다.

"난 하스티아크의 정식 기사가 되고 싶고 누구보다 먼저 하스티아크의 적을 해치우고 싶어. 그 힘을 얻기 위해서—— 달리아의 임시 주인이 아니라 정식 주인으로 인정받고 싶어. 기사로서 강해지고 싶어."

아크와 달리아가 링을 바라보며 고개를 끄덕였다.

"달리아. 고블린 킹은 내가 해치우겠어. 해치우면—— 나를 네 주인으로 인정해 줘!"

『하핫, 패기 넘치네. 좋아, 고블린 킹을 해치운다면 널 내 주인으로 인정할게.』

쌍검 위에 올라선 달리아는 링의 주먹에 자신의 주먹을 갖다 댔다. 링도 그에 응하면서 서로 주먹을 맞부딪쳤다.

어째 청춘 영화의 한 장면 같다.

"우린 훨씬 강해질 수 있어."

『응, 나도 더욱 노력할게.』

두 사람을 본 아크가 부러운 듯 웃었다. 우리도 링과 달리아 페어에게 질 수 없으니 더욱 노력해야겠다.

『하지만 이러면 고블린 킹을 해치우고 크리스털 파편을 얻는 일을…… 링과 달리아에게만 일임하게 되잖아.』

링의 결의는 기쁘고 멋있다고 생각하지만, 나도 뭔가 도움이 되고 싶단 말이야.

내가 혼자 중얼거리자 링은 신경 쓰지 말라고 단언했다.

"네 역할은 하스티아크를 지키는 거야. 그러니 고블린 킹은 나에게 맡기고 얌전히 앉아 있으면 돼."

링의 눈빛이 내가 반드시 해치울 테니 방해하지 말라고 했다.

──나도 누군가가 아크를 지켜 주겠다고 한다면 반발하고 말 테지. 왜냐하면 방어에 관해서는 누구에게도 이 자리를 양보할 생각이 없으니까.

그리 생각하자 링이 무슨 말을 하고 싶은 건지 절실히 와닿았다. 반드시 지키고 싶다. 내가 있어야 할 곳은 아크의 방패 자리다.

『……소외감, 찍찍.』

『앗, 그만 일 다람쥐 씨를 방치했네.』

빵빵하게 볼을 부풀린 일 다람쥐. 나는 일단 실체화를 ON으로 바꾸고 사과하면서 폭신폭신한 몸을 꽉 끌어안았다.

『공격해서 미안해요…….』

꼬리를 축 늘어뜨린 일 다람쥐가 순순히 사과했다.

곧바로 크리스털 파편을 찾으러 가지 않는 내가 답답했겠지. 나는 그땐 어쩔 수 없었다고 위로하며 일 다람쥐를 쓰다듬었다.

『우와아아, 폭신폭신, 폭신폭신해!!』

일 다람쥐를 껴안으면서 이 행동에 중독될지도 모른다고 생각했다. 하얀 몸은 폭신폭신, 보들보들해서 감촉이 아주 좋았다.

『어서 서둘러! 크리스털 파편을 되찾아 와!』

『알겠어, 링도 의욕이 넘치니까 고블린 킹을 단숨에 해치울 거야! 그걸로 풀페스트의 눈을 싹 녹여 버리자!』

『녹여 버려! 그럼 꽃이 필 거야. 찍찍.』

해치울 적은 어차피 고블린이다. 보나 마나 약할 테니, 내 적
수는 못 될 거야. 후훗.

우리는 일 다람쥐의 안내를 받으며 고블린 킹이 있는 대국 샤
르단으로 이동했다.

제4장 달리아와 링의 각성

고블린 킹을 해치우기 위해서 우리는 노크타티아의 이웃 나라
──── 대국 샤르단에 도착했다.

이곳은 대륙에서 가장 크고 번영했다. 온갖 물건을 매매하는
데, 풀페스트에서는 볼 수 없는 마도구나 식료품 등도 판다.

이곳에서 고블린 킹을 해치우고 크리스털 파편을 되찾아, 풀
페스트에 눈을 내리는 구름을 없애 버릴 것이다! 이렇게 작전은
완벽했는데…….

숲의 입구에서 상상하지 못했던 인간을 만나고 말았다.

"……설마 하스티아크가 올 줄이야."
"여기에서 크리스티아노 형님을 만나다니, 저도 놀랐습니다."

우리 앞에 있는 사람은 크리스.

노크타티에서 이미 만났었지만, 빌프레드 왕자의 존재감에 묻
혀서 잊고 있었는데 이런 곳에서 재회 이벤트를 벌이다니, 정말
지지리 운도 없다.

이 숲에는 시찰로 온 모양이다. 풀페스트에 눈이 내리지 않는

날이 있기 때문에 완전히 맑게 개었을 때를 상정해서 식물 등을 실제로 확인하려는 듯했다.

거리에서 판매하는 식물이 아니라, 숲에서 자라는 강한 생명력을 지닌 식물을 원하는 모양이었다.

"나의 기사가 있으니 별문제는 없겠지만, 네가 벌이는 성가신 일에 휘말리게 하지 말아 줘."

『말하는 꼬락서니하고는!』

어머니가 다르긴 해도 아크는 자기 동생이잖아…….

"성을 나온 후 다양한 경험을 했습니다. 숲에도 몇 번이나 발걸음을 했습니다. 걱정하지 않으셔도 됩니다."

아크가 정중히 고하자 크리스는 따분하다는 표정을 짓더니 "뭐, 됐어."라고 말하고는 숲속으로 들어가 버렸다.

『여기에 고블린 킹이 있어~.』

찍찍 하고 귀여운 울음소리를 내면서 일 다람쥐가 우리를 고블린 킹이 있는 곳으로 안내했다. 숲을 훑어보니 나무 사이사이로 수많은 일 다람쥐가 보였다.

크리스털 파편을 가진 고블린 킹을 계속 감시하던 모양이다. 내가 생각했던 것보다도 훨씬 다람쥐가 많았다.

"그건 그렇고 정말 성가시네……."

『완전 동감해. 식물을 조사하러 온 게 아니었어!』

나지막이 중얼거리는 링의 말에 내가 전적으로 동의했다.

우리 시선 앞에는 숲 입구에서 만났던 크리스와 기사들이 있다.

그들은 우리 앞쪽을 걷고 있었는데, 일 다람쥐가 안내하는 고블린 킹이 있는 방향으로 가기에 뭐라 말할 수 없을 만큼 신경이 거슬렸다.

그러다 마물이 나오면 크리스가 쏜살같이 쌍검을 뽑아 전투를 개시하는 식이다. 크리스의 기사들이 나설 틈이 없었다.

……스트레스라도 쌓였었나?

"크리스티아노 님은 단련을 게을리하지 않으십니다. 스스로 처리할 수 있는 마물은 최대한 맡겨 달라고 하셨습니다."

"그래?"

크리스의 기사가 자랑스럽게 아크에게 설명했다.

머리도 좋고, 검술도 강한 완벽한 왕자──라는 건가?

뭐, 쌍검을 사용하니 그도 그럴 테지. 게다가 왕위계승자 서열 2위라서 한창 권력 싸움 중이기도 하고.

아크가 진흙탕 싸움에 말려들지 않아 정말 다행이야.

『으음으음~.』

"어?"

『있잖아, 아크. 크리스의 쌍검은 예전부터 저거였어?』

크리스가 사용하는 쌍검은 예전의── 즉 보물인 달리아이지만, 뭔가 형태가 달라 보였다.

일전에 만났을 때는 잘 몰랐지만.

"확실히…… 크리스티아노 형님이 예전에 가지고 있던 보물 쌍검이 아니네."

달리아가 이곳에 있는 것이 그 이유일까. 보물의 의식과 같은 존재인 달리아가 없으면 보물을 유지할 수 없는 건가?

달리아는 그 이유를 알 듯해서 물어보려고 했으나…… 나는 숨이 멎고 말았다. 달리아가 내뿜는 분위기가 살벌했기 때문이다.

──지금은 건드리지 않는 게 좋으려나?

어쩌면 예전 주인인 크리스와 같이 있는 게 싫은지도 모른다.

크리스가 솔선해서 지휘하며 숲속을 나아갔다. 아쉽게도 일 다람쥐와 같은 방향으로 향해서 아직 헤어지지 못했다.

대략 30분쯤 걸어갔을 때 크리스는 발걸음을 멈추고 식물을 확인하기 시작했다.

이제 크리스와 헤어질 수 있겠구나 생각하니 마음이 놓였다. 나를 지저분한 방패라고 폭언을 쏟아 놓은 녀석과는 1초도 함께 있기 싫으니까!

아, 마력은 제대로 빼앗았으니 걱정하지 마시길. 후훗.

『링이 고블린 킹을 샤샤샥 해치우면 우린 곧장 돌아가자!』

내가 흥겨운 기분으로 모두에게 말하자, 링이 크게 한숨을 내쉬었다. 어째서지?

"방패 너, 너무 쉽게 말하지 마. 고블린 킹이 나타나는 건 몇십 년에 한 번 있을까 말까 한 수준이라고. 솔직히 말해서 상당히 강해. 그래서 달리아도 아까부터 예민해."

『뭐? 그런 거야?! 달리아는 크리스가 싫어서 심기가 불편한 줄 알았지.』

"너 바보냐?"

나랑 똑같이 취급하지 말라며 링이 딴지를 걸었다.

고블린 킹 정도는 간단하다고 생각했는데 전혀 그렇지 않다는 말에 나는 벼락이라도 맞은 것처럼 충격을 받았다.

왜냐하면 링은 항상 가볍게 전투를 끝냈으니까. 절대적으로 믿고 안심할 수 있는 호위 기사라고 생각했고, 지금도 그렇게 믿어 의심치 않는다.

킹이라는 수식이 붙었지만 고블린 따위는 식은 죽 먹기인 상대라고 생각했다.

"참고로 일반적으로 모험가 길드에서는 고블린 킹이 출현한 후에 토벌 의뢰를 받아. 대략 서른 명 정도 모집하지."

『진짜?』

내가 생각했던 것보다 꽤 강하구나, 고블린 킹. 시시한 고블린이 진화했을 뿐인데, 어째서 급이 달라질 만큼 강해진 거지?

"──기척이 느껴져. 고블린 킹이 가까이에 있어!"

『!!』

나와 대화하던 링이 갑자기 소리쳤다.

나도 모르게 숨을 죽이고 숲을 살펴보았지만── 고블린 킹처럼 생긴 형체는 안 보였다. 앞쪽에서 식물을 관찰하는 크리스보다 훨씬 안쪽에 있는 모양이다.

일 다람쥐도 말없이 고개를 끄덕이면서 이 앞에 고블린 킹이 있다는 것을 알려 주었다. 싸움에 휘말리면 위험하기 때문에 나는 일 다람쥐들에게 떨어져 있으라고 전했다.

『힘내~!!』

『응, 고마워.』

응원을 보낸 후, 일 다람쥐들은 숲에서 모습을 감추었다.

우리는 말없이 링을 선두에 세우고 크리스보다 훨씬 깊숙이

숲속으로 들어갔다.

엄청── 큰 포효가 숲 안쪽에서 울려 퍼졌다.

틀림없이 고블린 킹이다.

그 포효가 스위치가 되어 숲을 달리는 링의 속도가 단번에 높아졌다. 곧장 고블린 킹에게 다가가려는 것을 알 수 있었다.

아크도 링을 필사적으로 따라갔지만 예상 밖의 일이 벌어졌다. 식물을 관찰해야 할 크리스가 우리의 이변을 느끼고 따라온 것이다.

"크리스티아노 형님?!"

"하스티아크, 뭘 하는 거야?"

『행동을 같이 하는 것도 아닌데 왜 따라온 거야?!』

모처럼 링과 달리아가 실력을 뽐내려는 이 타이밍에!

하지만 아크가 어떤 대답을 하기도 전에 전방에 고블린 킹이 나타났다. 일반 고블린처럼 자그만 몸집이 아닌, 링을 가볍게 뛰어 넘는 크기였다. 거무튀튀한 녹색 몸과 손에 든 커다란 도끼, 불길함이 느껴지는 빨간 눈과 엄니가 솟아난 입이 보였다.

──세다.

나의 본능이 무의식적으로 그렇게 말했다.

"이런 곳에 고블린 킹이?"

크리스가 눈을 가늘게 뜨며 링 앞에 선 고블린 킹을 바라보았다. 대치하는 링은 허리에서 쌍검을 뽑아 고블린 킹에게 돌진했다.

하지만 도끼에 간단히 막히고 말았다. 저 녀석, 큰 몸집에 비해 움직임이 빠르다.

『링! 정신 차려—— 앗?』

뒤이어 크리스가 그곳을 향해 달려갔다. 대체 무슨 생각으로 저러는 걸까 싶은 생각에 눈을 크게 뜨자 크리스는 자신의 허리에서 쌍검을 뽑아 고블린 킹에게 맞섰다.

『앗, 크리스……?!』

"크리스티아노 형님!!"

"내가 고블린 상위종 따위에게 질 거라고 생각하는 거냐?"

크리스는 제지하려는 아크를 노려보며 쌍검을 휘둘렀다. 크리스가 얼마나 강한지는 모르지만, 고블린 킹보다는 약할 게 뻔하다.

"크리스티아노 형님, 형님이 고블린 킹을 해치우시는 건 무리입니다!"

"닥쳐, 하스티아크. 난 이 녀석을 처치해서 샤르단이라는 방패를 얻고 강해질 거야 ."

크리스의 말을 듣고 나는 이해했다.

즉, 고블린 킹을 무찔러서 샤르단에게 빚을 지게 하는 작전이다. 왕위 계승 서열 제2위인 크리스는 무언가 업적이 없으면 국왕이 되기 어렵다.

대국 샤르단에게 빚을 지게 만들어 배후 세력을 만든다면 상당히 든든한 백이 될 것이다.

——하지만 이번에는 상대가 너무 강해.

크리스틸 드래곤만큼은 아니지만, 고블린 킹도 충분히 세다.

베테랑 모험가나 기사가 수십 명이나 달려들어야 하는 상대다.

그러니 당연히 멤버 구성도 신경 써야 하고 지휘관도 필요하다.

승산은 매우 낮을 것이다.

"어려워, 아니. 불가능…… 해."

『아크.』

"크리스티아노 형님은 고블린 킹을 해치울 수 없어. 무모한 짓이야."

내가 생각했던 것처럼 아크는 딱 잘라 무리라고 말했다.

……크리스가 지는 건 상관없지만, 싸우는 링의 발목을 잡는 건 사양하겠어.

캉 하는 큰 소리가 울려 퍼져, 황급히 소리가 난 곳을 바라보았다.

그곳에는 링을 제치고 고블린 킹에게 쌍검을 휘두르는 크리스가 있었다.

링이 짜증 난다는 표정을 지으며 이쪽을 쳐다보았지만, 아크는 쓴웃음을 지을 수밖에 없었다. 크리스는 우리의 제지를 무시하고 돌진한 것이다.

"내가 해치우겠어! 하스티아크의 기사는 물러나!"

"――으."

왕자인 크리스의 명령이라면 링도 얌전히 물러날 수밖에 없다. 쌍검을 칼집에 넣고 고블린 킹에게서 거리를 두었다.

철컹. 낮고 둔탁한 소리가 주변에 메아리쳤다. 크리스가 고블린 킹의 도끼 공격을 쌍검으로 막았지만, 그 위력은 절대적이었다. 기세와 무게에 짓눌려 크리스의 발이 차츰차츰 지면에 파고들어 갔다.

링이 말했듯, 고블린 킹은 강하다.

그런 놈과 맞선 크리스도 확실히 어중간한 각오는 아닐 것이다.

하지만 각오만으로 이길 수 있는 상대가 아니다.

"크리스티아노 형님!"

고블린 킹이 크리스를 향해 다시 도끼를 힘껏 휘둘렀다. 물론 크리스는 쌍검으로 막았지만, 그 공격은 너무나도 묵직했다.

한껏 무게가 실린 나머지 크리스는 무릎을 꿇는 것처럼 지면에 쓰러졌다. 하지만 크리스도 호락호락 당하고만 있지는 않았다. 순간적으로 틈을 만들 듯 몸을 뒤집어 고블린 킹의 가랑이 사이로 빠져나와 등 뒤를 세게 내리쳤다.

『오오, 크리스 주제에 제법이네!!』

나도 모르게 소리를 지른 것이 분하다. 하지만 가볍게 짜부라지리라고 생각한 것치고는 제법 건투하는 듯하다.

크리스의 숨이 가빠져 내쉬는 거친 호흡이 내 귀에 들렸다. 그 사이로 들리는 것은 크리스가 부르는 달리아라는 이름.

──크리스는 달리아와 함께 싸운다고 생각하는 건가?

이제 달리아는 그 쌍검 속에 없는데도 싸우면서 계속 대답하라고 달리아를 부르고 있다.

"……쌍검 달리아, 내게 힘을."

『크리스…….』

몇 번이나 이름을 불러도 그곳에 달리아는 없다.

하지만 이름을 재차 부르는 그 마음은 사무칠 정도로 잘 안다. 아크에게 목소리가 들리지 않는 걸 알면서도 몇 번이나 아크를 불렀었고, 아크도 내 이름을 불렀으니까.

──답답할 거야.

"하스티아크."

"링! 미안해, 크리스티아노 형님이……."

"아냐, 괜찮아."

일단 우리에게 돌아온 링이 크리스와 고블린 킹의 싸움을 지켜보고 있었다. 똑같이 쌍검을 사용하는 자로서 뭔가 느끼는 게 있는 걸까.

"생각했던 것보다는 잘 버티지만 이기는 건……."

『무리겠지.』

"달리아…… 정말 괜찮아?"

링이 말한 '괜찮으냐'는 대체 무엇을 가리키는 걸까.

크리스가 져도 괜찮다는 건지 아니면, 달리아가 예전에 깃들었던 보물이 고블린에게 부려져도 괜찮다는 건지.

그 증거로 크리스가 가진 쌍검에 살짝 금이 갔다.

『저, 쌍검, 부러질 것 같은데……?』

걱정스러운 시선으로 달리아를 쳐다보았지만, 그 눈동자에 집착하는 기색은 보이지 않는다. 예전에 깃들었던 쌍검일 텐데, 조금 쓸쓸하겠어.

"큭 …… 윽!"

"크리스티아노 형님!"

고블린 킹이 이번에는 옆으로 도끼를 휘둘렀다. 그 속도는 조금 전보다 훨씬 빨랐다.

하지만 크리스는 그것을 쌍검으로 받아내어 막았다. ──하지만 반 정도 부러져 검 끝이 공중으로 날아올랐다.

고블린 킹의 일격을 받고 크리스가 무릎을 꿇었다.

기사들이 크리스를 보호하듯 고블린 킹을 공격했다. 좀 더 일찍 개입하면 좋았을 텐데라고 생각하며 우리는 고블린 킹에게 당한 크리스를 데려왔다.

상당히 많은 피가 흐른다. 내 치유 능력은 아크에게만 쓸 수 있고, 크리스의 기사는 모두 고블린에게 향했다.

'자, 이제 어쩌면 좋담?'이라고 생각하고 있을 때 아크가 재빨리 힐 마법을 사용했다.

『앗, 아크는 회복 마법도 사용할 줄 아는 거야?!』

"쓸 줄만 알고 그리 뛰어나진 않아. 나와 링은 다치는 일이 많지 않아서 사용할 기회는 거의 없었지만……."

완치시킬 정도는 아니지만, 지혈과 상처를 메우는 정도의 응급 처치는 가능하다고 아크가 말했다. 그 정도로도 아주 굉장해.

아크가 나를 들고 기사들을 보조하러 움직이는데── 갑자기 링의 목소리가 울려 퍼졌다.

"하스티아크!!"

『……앗?!』

무슨 일인가 싶어 놀라 숨을 참았지만, 나는 곧 깨달았다.

부러진 크리스의 검이 공중으로 날아올랐는데, 그 궤도가 아크를 향했다. 이제 보검이 아닌 크리스의 쌍검이──!

"──앗!"

아크가 숨을 삼켰다.

지금은 내가 나설 차례겠지? 후훗.

『괜찮아, 나한테 맡겨!!』

풀페스트를 떠나자마자 획득하길 잘한 것 같다. 내가 지금 사용해야 하는 것은 절대 방어!!

이것을 발동하기 위해 필요한 마력 포인트는 1만. 속이 쓰리다.

지금은 크리스의 쌍검에 달리아가 없지만── 원래는 보물이었으니 과하게 방어해서 나쁠 건 없다.

그쪽도 보물, 이쪽도 보물이니까 말이다. 물론 막아 낼 자신은 있지만, 나는 아크를 지켜야 하니 만에 하나라는 가능성조차 있어서는 안 된다.

『간다. 《절대 방어》』!!

내가 소리 높여 외치자 투명한 벽이 생겼다……라고 말하는 게 옳을 듯하다. 날아온 검이 튕겨 나가 공중으로 솟아올랐다.

『오오, 굉장해!』

──하지만 위험했어.

링이 아크를 부르지 않았다면 날아온 칼날을 못 알아차렸을 것이다. 살의를 품은 공격이었다면 아크가 알아챘겠지만, 아무 의도가 안 담긴지라 눈치 채기가 어려웠다.

"──……!"

『아크?』

문득 아크가 움직임을 잠깐 멈췄다. 그리고 곧바로 지면에 한쪽 무릎을 꿇었다.

『어? 왜 그래, 아크!』

"하스티아크?"

"아냐, 괜찮아. 별문제 아니니까 링은 고블린 킹을 부탁해!"

곧바로 일어서는 걸 보고 안심했지만 아크가 무릎을 꿇은 원인은 모르겠다. 괜찮을까? 하는 께름칙한 불안이 내 안에 스쳐 지나갔다.

"방패! 내가 고블린 킹을 해치우겠어! 넌 하스티아크를 방어하는 데 전념해!"

『알겠어!』

지금은 이 상황을 어떻게든 해결해야 한다.

아크가 기사들에게 거추장스러운 크리스를 건네고는 곧장 돌아가라고 지시를 내렸다.

부상을 당한 크리스를 데리고 가는 건 힘들겠지만, 그렇다고 우리가 같이 가 줄 수도 없는 노릇이다.

그렇다고 링을 두고 갈 수는 없으니까.

──아크는 괜찮아 보이지만…… 정말 그럴까?

무릎을 꿇었다는 사실이 안 믿겨지는 저 모습을 보면 아크가 말한 것처럼 정말 아무 문제없는 걸지도 모른다. 그 모습을 보고 나는 휴 하고 숨을 내쉬었다.

"쳇, 이 자식! 그런 묵직한 일격을 가하다니……!!"

조금 전 크리스와 비교하면 링은 움직임이 좋다. 매서운 공격을 요리조리 피하면서 고블린을 역공했다.

쌍검과 도끼가 부딪치는 소리가 울려 퍼졌다. 그것만으로도 전투가 얼마나 격렬한지 알 수 있다. 조마조마한 마음으로 링과 고블린 킹의 싸움을 지켜본다.

『아, 도와주러 가지 않아도 되나……?』

섣불리 끼어들면 링의 발목을 붙잡을 것이다. 마법을 쓰려고 해도 너무 빠른 탓에 자칫 잘못하면 링을 끌어들일 수도 있다.

게다가 무엇보다 분명 링은 혼자서 해치우고 싶을 것이다.

『고블린과는 전혀 딴판이네.』

"그러게. 무서워?"

『무섭지 않아──라고 하면 거짓말이겠지. 강해 보이고, 생긴 것도 우락부락하니까.』

하지만 고블린 킹이 크리스털 파편을 가진 이상, 선택지는 맞서 싸운다는 한 가지뿐이다. 마음을 단단히 먹고 패 주는 수밖에!

『아크는 안 무서워?』

지금이야 훌쩍 커서 의젓하지만 아크는 어릴 때 무척 울보였다.

"난 안 무서워. 어차피 고블린은 마물에 불과하니까."

『아크.』

그렇게 말하면 훨씬 무서운 무언가가 있는 것 같잖아. 나도 모르게 쓴웃음을 짓고 말았다.

"아."

『!』

시선을 링에게 향하던 아크가 소리를 냈다. 나도 황급히 링에게 시선을 향하니 팔에 한 줄기 피가 흐르고 있었다.

고블린 킹의 도끼에 당했다는 것을 바로 알 수 있었다.

──그나저나 저런 도끼에 당하고도 용케 큰 부상은 피했네. 살이 푹 파이는 큰 부상을 당한대도 이상하지 않다.

링이라 저 정도로 끝난 것이다.

내가 상상했던 것보다 어마어마하게 강한 고블린 킹.

그런 녀석과 맞서 싸우는 링과 달리아가 무모해 보일 수도 있지만, 아크의 기사가 되기 위해 필사적으로 싸우는 것이다.

『링, 괜찮을까……?』

"걱정 마. 링은 내 기사니까. 게다가…… 보물인 달리아가 함께 있어. 승산은 누구보다 높다고 생각해."

『응.』

확실히 보물이라면 일반적인 쌍검보다는 강할 것이다. 고블린 킹의 도끼와 링의 쌍검이 부딪히는 격렬한 소리가 주변에 메아리쳤다. 동시에 느껴지는 것은 강자들이 싸우는 압박감. 그것에 영향을 받았는지, 조금 전까지만 해도 보이던 마물들이 지금은 자취를 싹 감추었다.

쌍검이 고블린 킹의 어깨에 일격을 가했고, 링은 그대로 높이 뛰어올랐다. 고블린 킹의 거대한 몸을 가볍게 뛰어넘어 곧바로 등에 두 번째, 세 번째 공격을 가했다.

하지만 상대방도 당하고 있지만은 않았다. 곧장 자세를 바꾸어 링을 향해 도끼를 크게 휘둘러 내리꽂았다.

"크윽……!"

『링!!』

쌍검으로 도끼를 막았지만, 수직으로 내리찍는 바람에 무게가 엄청 실렸을 것이다. 링의 다리가 후들거렸고, 쓰러지지 않으려고 필사적으로 버틴다는 걸 알 수 있었다.

──더는 못 보겠어……!!

그런 생각이 들자 나는 더 이상 팔짱만 끼고 지켜볼 수 없었다.

하지만 아크와 내가 이름을 부르기 전에 또다시 도끼가 링을 향해 일직선으로 내리꽂히려 했다. 그 순간, 아크가 슬라이딩하듯 달려갔다.

캉 하는 거센 소리가 울렸고 방패인 나는── 고블린의 도끼를 막아 냈다. 정확히 말하면 아크가 나를 사용해 링과 고블린 킹 사이로 들어가 공격을 막은 것이다.

"하스티아크!!"

눈을 크게 뜬 링이 아크를 불렀다.

그러더니 이어서 왜 왔냐고 물었다.

"……미안해. 링을 못 믿는 건 아니지만 나도 하미아를 위해서 크리스털 파편을 되찾고 싶거든?"

"너……."

아크는 태평하게 아하하 하며 웃었지만 나를 든 손이 떨렸다. 강한 공격을 막아 낸 여파 때문이겠지.

아크의 이마에 땀이 맺혔다.

실제로 고블린 킹의 공격을 직접 받아 내면서 이 녀석이 얼마나 강한지 절실히 느꼈다. 지금까지 막아 낸 공격 중에서 가장 묵직했다.

솔직히 말하면 도망쳐!── 그렇게 외치고 싶다.

고블린 킹과 대치하는 동안 말이 없었던 달리아가 다시 입을 열었다.

『링, 내게 피를 바치고 맹세해. 그렇게 하면 난 너에게 힘을 빌려줄 수 있어.』

"……! 안 돼. 네 힘을 빌리는 건 저 녀석을 무찌른 뒤라고 약속했어."

이 고집불통!!

달리아가 힘을 빌려주겠다는데도 링은 단칼에 거절했다. 지금은 자존심을 세울 때가 아니잖아!!

『……지금은 크리스털 파편을 손에 넣는 게 우선이야.』

"……그건 그렇지."

아크가 고블린 킹의 공격을 막으려고 끼어들어서 그런지 달리아는 어딘지 모르게 후련한 표정이었다.

"하스티아크!!"

"응?"

『앗?』

조금 전과 마찬가지로—— 아크를 부르는 링의 목소리가 들렸고, 그 다음에 보인 것은 이쪽으로 날아오는 커다란 도끼였다. 한순간 사고가 정지해 고블린 킹이 던졌다는 걸 이해하기까지 시간이 걸렸다.

『——윽.』

고블린 킹이 던진 커다란 도끼는 공중으로 힘껏 날아오르더니 부메랑처럼 궤도를 휙 바꾸었다. 우리의 등 뒤를 노린 도끼가 맹렬한 스피드로 다가왔다.

마치 슬로모션처럼 도끼가 내 눈에 비쳤다.

"하미아!!"

『……앗! 으윽!!』

순간적으로 움찔한 나와는 달리 아크는 도끼를 똑바로 쳐다보았다. 나를 앞쪽으로 거머쥐고 날아오는 도끼와 맞섰다.

하지만 그것은 고블린 킹의 작전이었다.

"쳇!"

등 뒤에서 링이 혀를 차는 소리가 들려서, 약간 시선을 돌려 바라보니 맨손인 고블린 킹이 링을 덮치려 하고 있었다.

설마, 고블린 킹도 머리를 쓸 줄 아는 거야?

『앗…… 윽!』

고블린 주제에 웃기지도 않는다고 생각하던 나에게 다시금 큰 충격이 전해졌다. 고블린 킹이 던진 도끼를 맞은 것이다.

다행히 상처는 생기지 않았고 아프지도 않았다.

하지만—— 내게 맞고 공중으로 튕겨 올라간 도끼가 고블린 킹의 손안으로 돌아가는 최악의 상황이 연출되었다.

——이거, 최악인 거 맞지?

아크도 링도 상당히 호흡이 거칠었다.

앞에 거의 나서지 않았던 아크는 아마 스스로가 생각하는 것보다 훨씬 체력을 소모했을 것이다. 링도 혼자 고블린 킹을 해치우려고 했으니 평소보다 무리했을 것이다.

……이 녀석을 해치우면 크리스털 파편을 손에 넣을 수 있다.

하지만.

『있잖아, 지금은 후퇴하자……!』

우리 쪽이 조금 약세라는 느낌이 든다.

아크와 링은 크리스털 파편이 있으니 절대 본인들 입으로는 철수하자고 하지 않을 것이다. 그러니 내가 말하는 수밖에 없다.

아크가 입술을 꽈악 깨물고 고블린 킹과 링을 바라보았다.

태세를 정비하는 게 나을 것 같다는 건 역시 아크도 잘 알고 있다. 하지만 크리스털 파편이 그것을 가로막았다.

『아크!!』

"──앗! 링, 일단 물러서!!"

내가 큰 소리로 외침과 동시에 아크의 어깨가 크게 흔들렸다. 하지만 곧 지시를 내리며 물러서라고 링에게 전했다.

링이 거세게 날아드는 도끼를 쌍검으로 막으면서 "안 돼!"라고 외쳤다.

"링."

"아무리 하스티아크의 명령이라지만 나도 자존심이 있어!!"

링의 심정은 뼈아플 정도로 잘 안다. 하지만 지금은 뒤로 물러날 때다.

고블린 킹의 공격을 막는 것 자체는 할 수 있지만, 계속 저 스피드를 따라가며 방어하는 것은 체력적으로 불가능하다.

아크는 뒤로 물러섰지만── 링은 지금도 고블린 킹과 칼날을 맞댔다.

"하스티아크, 먼저 가!!"

『무슨 소리, 나 혼자 갈 순 없어, 링!!』

자기가 막을 테니 먼저 가라고 외치는 링은 상당히 남자답지만, '내가 순순히 그럴 것 같아?'라고── 외치려고 했는데.

그보다 먼저 내게 여러 소리가 겹쳐 들렸다.

"혼자가 아니야!!"

『혼자가 아니야!!』

휙, 내게 바람이 부는 듯한 감각이 덮였다.

"나는 강해지겠다고 맹세했어. 달리아가 풀페스트의 앞날을 연다면, 나는 하스티아크의 앞날을 열겠어."

『그래. ──우리는 방어보다 길을 만드는 일에 전념해야 해.』

두 사람의 목소리가 분위기를 바꾸었다.

"링……."

아크가 눈을 크게 뜨고 링을 바라보았다. 거칠어진 호흡, 흐르는 피. 하지만 그 파란 눈동자는 결코 고블린을 벗어나지 않았다.

"내게 힘을 빌려줘, 달리아!!"

링은 쌍검으로 팔을 베어, 칼자루 부분에 피를 뚝뚝 떨어뜨리고 달리아에게 바쳤다.

그리고 휘몰아치는 거대한 바람.

『제대로 접수했어!』

『아…… 쌍검의 모양이 달라졌는데?』

마치── 질풍과도 같다.

쌍검이 바람을 휘감은 줄 알았는데 곧 흩어지더니 쌍검이 모습을 바꾸었다.

검은 한층 더 날렵해졌고, 색도 검게 변했다. 자루 부분에는 장식이 추가되어 한층 더 매력적으로 변했다.

──달리아가 링을 인정한 결과, 평범했던 쌍검이 보물이 되었어.

"저게 보물 쌍검…… 달리아?"

『아크, 혹시 달리아가 보여?』

링의 쌍검을 뚫어지게 바라보는 아크에게 묻자, 아크는 고개를 끄덕였다.

링이 달리아에게 피를 바쳐서 정식 주인이 되었기 때문에 링의 주인인 아크에게도 달리아의 모습이 보인 것이다.

쌍검의 칼날 끝에 선 달리아는 그 자체로 한 폭의 그림과 같았다. 아름다운 눈동자는 올곧이 고블린 킹을 노려보았고 입꼬리는 올라갔다.

"풀페스트의 미래를 열어 줄 쌍검……."

아크가 봄을 함께 찾는 동료라고 말하며 흡족한 듯 웃었다.

그리고 목소리를 드높였다.

"링, 달리아…… 봄으로 가는 길을 열어 줘──!!"

『간다, 링!』

"응!"

달리아가 소리를 높였고 링이 그에 응했다.

파트너가 된 두 사람에게 빈틈은 없었다. 링은 조금 전보다 빨라진 속도로 고블린 킹에게 쌍검을 휘둘렀다.

하지만 고블린 킹도 지지 않았다. 거대한 손으로 펀치를 날리고 다른 한 손으로는 도끼를 휘둘렀다.

링이 고블린 킹의 공격을 피하면서 왼쪽으로 돌아 들어가 녀석의 배에 검을 찔러 넣었다.

"굉장해."

『……응.』

나지막이 흘러나온 아크의 목소리에 동의할 수밖에 없었다.

링의 쌍검은 마치 춤을 추는 듯 유연하고 빨랐다. 아름답다는 단어가 딱 맞을 것 같다.

——링의 스피드가 빨라진 건 달리아의 힘 때문이겠지?

나도 다양한 능력을 가졌으니 달리아가 비슷한 힘을 가지고 있어도 이상할 건 없다. 각 보물마다 풀페스트를 위한 힘을 가진 모양이다.

『쿠오오오오오오오!!』

고블린 킹이 포효했다. 연이어 주먹을 휘둘렀지만—— 링은 한 걸음 뒤로 물러나며 가볍게 피했다. 거기서 그치지 않고 주먹이 링의 등 뒤에 있던 나무에 부딪힌 순간, 반격에 나섰다.

——강하다.

"좋아, 이제 끝이다!"

『고블린 킹 같은 녀석에게 우리가 질 수야 없지.』

쌍검을 아래에서 위로 쳐올리면서 고블린 킹에게 일격, 이격, 삼격, 사격, 오격—— 그야말로 소나기 같은 공격이다.

공격을 거듭할수록 검의 속도가 올라가, 이제는 내가 눈으로 좇을 수 없는 경지다.

이것이 보물, 쌍검 달리아……! 그 공격 속도에 맞서 싸울 자가 있을까. 아니, 없을 것이다.

쌍검의 특성상, 공격 하나하나의 대미지가 강하지는 않았지만 그것을 만회할 만큼 공격 속도가 매우 빨랐다.

링의 최후의 일격이 고블린 킹을 갈랐다——!

거대한 그 몸이 지면에 쓰러져 링과 달리아의 승리를 알렸다.

링은 크게 숨을 몰아쉬면서 작게 브이 포즈를 했다.

보물인 달리아를 금세 몸의 일부처럼 사용한 것도 승리의 큰 요인이라고 생각한다.

『우리도 링과 달리아에게 지지 않도록 강해지자.』

"그러자."

정말 굉장하다. 나도 뒤처지지 않도록 열심히 해야지. 아크를 지키는 역할만큼은 누구에게도 빼앗길 수 없다.

링이 하아, 하아 숨을 몰아쉬며 손등으로 이마의 땀을 닦았다.

그리고 지면에 쓰러진 거구를 발견하고는 자신의 손을 바라보았다. 꽉 쥔 쌍검은 확실히 그 형태를 바꾸어 링을 인정하고 있었다.

"하아…… 하, 고블린 킹……."

링은 쓰러진 고블린 킹 쪽으로 천천히 걸어가, 하늘거리며 빛나는 무언가를 손에 넣었다.

"방패."

『아, 네!』

평상시의 늘어진 목소리가 아니라 늠름한 링의 목소리가 나를 불렀다. 나도 모르게 경례라도 할 것처럼 대답하고 말았다.

천천히 다가온 링이 꽉 쥔 검을 나를 향해 들이밀었다.

"손, 내놔."

『아, 응!!』

나는 황급히 실체화를 ON으로 바꾸어 링 앞에 모습을 드러내고 양손을 펼쳐 앞으로 내밀었다.

링이 무엇을 하려는지 알았기 때문에 심장 박동이 두근두근 빨라졌다. 고블린 킹을 해치우려고 한 첫 번째 목적.

풀페스트에 봄을 부르기 위한 첫걸음, 크리스털 파편.

『아크도.』

"응."

소매를 잡아당겨 아크도 함께 손바닥을 펼치게 했다. 이것은 나 혼자만이 아니라 아크와 함께 받고 싶었으니까.

나 혼자만의 힘으로는 크리스털 파편을 손에 넣을 수 없었다.

"자."

『——앗!』

전투의 피곤함은 철저히 감춘 채, 링이 나와 아크의 손바닥 위에 쥐고 있던 주먹을 슬쩍 펼쳤다.

포근하고 따스한 느낌이 들면서 한없이 울고 싶은 감각이 덮쳐 왔다. 상당히 그립고도 따사로운 감정.

『이게 크리스털 파편이구나…….』

반짝반짝 빛나는 크리스털 파편을 꽉 끌어안자, 파편은 부서지면서 빛의 알갱이가 되어 살며시 내게 흩뿌려졌다.

『앗?!』

내 속으로 열기가 스며드는 게 느껴졌다. 몸속 깊은 곳에서 힘이 솟아나는 감각이다.

소용돌이친 열기는 폭포처럼 내 속을 휩쓸고는 방패에 한 줄기의 빛을 부어 주었다. 깨진 크리스털이 원래 박혔던 자리에 딱 맞게 들어갔다.

《시스템 릴리스!: 보유한 크리스털 수가 조건을 만족했습니다.》
《시스템 버전 업!: 이제 봄빛을 사용할 수 있습니다.》

『하아, 하아…….』
"하미아, 괜찮아? 몸에 다른 이상은 없어?"
『……응. 조금 열이 나서 지쳤지만 괜찮아.』
게다가 새 힘도 손에 넣었으니까.
나는 속으로 씩 하고 미소를 지었다.

《사용 가능 시스템》
봄빛: 100,000

잠깐, 봄빛을 사용하려면 마력 포인트를 10만이나 사용해야 하는 거야?! 아무리 그래도 그렇지 이 수치는 완전 바가지라는 생각밖에 안 드는데.

지불한 포인트만큼 엄청난 힘을 발휘하는 거야……?

일단, 봄빛을 사용할 만한 포인트는 있지만, 마음 편히 사용할 수가 없다. 어떻게 할까 고민하던 찰나에 링이 나를 불렀다.

"그거 진짜가 확실한 거지?"

『응! 일단 봄빛이라는 기능이 추가되었어.』

새 시스템을 생각하는데 링이 걱정스럽다는 듯 나를 들여다보았다. 곧장 괜찮다고 말한 뒤에 무슨 일이 일어났는지 세 사람에게 설명했다.

"봄?"

"……봄이라."

내 말을 듣고 두 사람 다 눈을 크게 떴다.

──맞아, 그랬었지. 두 사람은 풀페스트에 봄을 불러오려는 중이야. 그런 능력이 있다는 말을 들으면 기대하는 게 당연해.

나는 일본인으로 살았던 기억이 있다.

그래서 당연히 봄을, 사계절을 알고 있어서── 두 사람처럼 크게 놀라진 않았다. 물론 깜짝 놀란 건 사실이지만!

『하지만 이걸 사용하려면 마력 포인트를 10만이나 사용해야 해. 지금 내 마력 포인트로는 한 번 정도만 사용할 수 있어.』

"10만이나? 우리 마력을 흡수해도 쉽게 모을 수 있는 수치는 아니네."

"나한테서는 기껏해야 2,500 정도였던가?"

『응.』

천천히 마력이 모이길 기다리기에는 막대한 양의 포인트다.

아크가 말한 것처럼 타인에게 흡수해서 마력 포인트를 모으려고 해도── 아크는 1,200. 링은 2,500을 보태 줄 수 있다.

10만 포인트 모으기는 상상할 수 없을 만큼 긴 여정처럼 느껴진다.

『달리아는 이 힘에 관해 알아?』

『……분명 눈을 녹이는 힘이었던 것 같아.』

오오, 달리아가 솔직하게 알려 주었다!

그러고 보니 크리스털 드래곤의 책에 눈을 녹인다고 쓰여 있던 것을 떠올렸다.

──풀페스트에 태양이 얼굴을 내민다는 걸까?

곧장 돌아가 이 힘을 사용해 보고 싶은 충동에 사로잡혔다.

"앞으로 어떻게 해야 할지는 정해졌네."

『응!』

나와 달리아의 이야기를 듣던 아크는 곧바로 풀페스트로 돌아
간다는 결정을 내렸다. 크리스털을 찾아 나섰던, 긴 듯하면서도
짧았던 모험이었다.

차분하게 상념에 젖어 있는데 링이 놀라면서 "이제 달리아를
볼 수 있어?"라며 아크에게 물었다.

링이 달리아에게 인정받아서 아크도 달리아를 인지하게 된 것
이다.

"다시 소개할게. 나는 하스티아크 스노우 풀페스트. 잘 부탁
해, 쌍검 달리아."

『그래. 녹왕의 주인. 그 힘, 지켜볼게.』

"반드시 기대에 부응하겠어."

달리아가 씨익 웃으면서 아크를 시험하는 듯한 발언을 했다.
하지만 그걸 겁낼 아크가 아니다.

──나도 분발해야겠어.

어서 이 힘을 풀페스트에서 사용해 보고 싶다.

"그러고 보니 아까 무릎을 꿇던데 괜찮아?"

고블린 킹을 무찌른 우리는 돌아가기 위해서 숲 입구를 향해

걸었다. 그러던 중, 링이 좀 전에 몸 상태가 수상했던 아크에게 물었다.

확실히 날아온 쌍검을 튕겨낸 후로 몸 상태가 안 좋아 보였는데 지금은 별 이상이 없어 보인다.

『아크?』

어쩌면 무언가를 숨겼는지도 모른다. 그런 생각이 들어서 나도 아크를 불렀는데 아크는 살짝 난처한 듯 웃었다.

──아, 확실히 뭔가를 감추고 있다.

『아크.』

나는 다시 한번 아크를 불렀다. 의식해서 낮게 깐 목소리에 아크가 어깨를 움찔했다.

"……계속 입 다물고 있는 것도 좋지 않겠지? 사실 하미아가 조금 무거워진 것 같아."

『뭐?』

──뭐?

뚱뚱해졌다는 건가?

"하미아가──."

『무, 무슨 소리야, 아크. 나 살 안 쪘거든? 진정해.』

"너나 진정해, 방패."

아니, 아니, 아니, 나 그렇게 살쪘어?! 다이어트 해야 하나? 앗, 애초에 난 아무것도 안 먹는데!!

그렇지, 시스템을 보면 뭔가 알 수 있을지도 몰라!!

```
《녹왕의 방패: 시스템 메뉴》
 마력 포인트: 138,500
 절대 방어 부하: 1회 사용 (중량+50%)
```

『·····················어어?』

이게 뭐지?

절대 방어를 사용하는 바람에 부하가 걸렸다. 이게 적용되었다는 소리는 내 체중이 1.5배 늘어났다는 건가?

아크의 팔은 가냘프니까. 내가 갑자기 무거워지면 자기도 모르게 무릎을 꿇게 될 것이다.

『절대 방어라는 신기술을 사용한 결과, 내 중량이 늘어난 모양이야······.』

세상이 끝나기라도 한 듯, 풀이 죽은 목소리로 말하자 아크가 픞! 하며 웃었다.

"그랬구나. 딱히 무겁진 않으니 괜찮아."

『아크······.』

──무릎을 꿇을 정도였는데?

라는 말은 입 밖에 내지 않았지만.

"뭐, 문제없다면 괜찮지만서도."

"응, 괜찮아."

"그럼 어서 돌아가자."

이 화제는 끝이라며 링이 대화를 매듭지었다.

원인도 알았고 아크도 문제없다고 했다. 하지만 나에게는 큰 문제란 말이야! 대체 얼마나 있어야 평상시 무게로 돌아올까······.

아크는 안색 하나 안 바꾸고 들고 있지만, 워낙 착한 아이라 무겁지만 태연한 척할 수도 있는걸? 아아 진짜, 얼른 원래대로 돌아가길 비는 수밖에……

숲의 입구까지 가자 일 다람쥐들이 『축하해!』라며 축복의 말을 잔뜩 해 주었다.

『우리야말로, 고블린 킹을 감시해 줘서 고마워!』

일 다람쥐들과 헤어지고 크리스와 합류해서 마을로 돌아왔다. 도중에 크리스의 시선이 링이 허리에 찬 쌍검으로 향했지만──나는 모르는 척했다.

고블린 킹을 무찌르고 우리는 숙소로 돌아왔다.

지쳤다고 말하면서 차를 마시고 한숨 돌렸다.

아, 이제 남은 건 귀국뿐이다. 크리스털 파편을 되찾았으니 이제 링도 정식 기사로 인정받겠지.

음, 경사가 아주 많아.

내가 흐뭇해하니 아크가 "나도 분발해야겠어."라고 말했다.

무슨 소리, 아크는 충분히 분발……이 아니라 지나치게 분발한다고 해도 과언이 아닌걸?

내가 그리 전하자 아크는 눈을 동그랗게 뜨면서 놀란 표정을 지었다.

"나는 이런저런 이유로 그다지 활약하지 못했잖아. 그래서 혹시나 하미아가 날 싫어할까봐 필사적으로 애쓰는 중이야."

『싫어할 일 없어. 참 나, 우리가 대체 몇 년이나 함께했는지 잊은 거야?』

뭔가 아크가 근육 트레이닝부터 시작할 것 같은 느낌이── 어렴풋이 들었다.

절대 방어는 어마어마한 힘을 가지고 있지만 양날의 검이기도 하다.

방패라고는 해도 여자인 듯한 나는 체중 증가를 좀처럼 받아들이지 못했다. 이동할 때 말에 못 탄 것도 웃어 넘길 수 없었다.

『일단, 다이어트다!』

"방패가 무슨 바보 같은 소리야."

『아, 링! 멋대로 엿듣지 마!!』

밤의 장막이 내려 실내에 들리는 것은 아크와 링의 잠든 숨소리뿐이다.

두 사람은 강하지만, 아직 열네 살 소년이다. 평소에는 어른스럽지만 자는 얼굴에선 왠지 모르게 어린 티가 난다. 잠만큼은 제대로 잤으면 하기에 밤새우는 건 내가 용납 못 한다.

나는 아크의 침대 끝에 놓였고 달리아는 늘 그랬듯이 벽에 세워져 있다.

두 사람이 잘 자는 것을 확인하고 나는 달리아를 힐끔 쳐다보았다.

달리아는 검 자루 부분에 앉아 눈을 감고 있다. 나와 마찬가지로 잠을 자지 않아도 되니 분명 깨어 있을 것이다.

『실체화 ON.』

자는 두 사람이 깨지 않도록 나는 달리아가 세워진 벽까지 이동했다. 작은 목소리로 이름을 부르자 대답이 돌아와서 안심했다.

아크 바로 옆에서 대화를 하면 잠을 깰지도 모르니까.

나는 쭉 궁금했던 것을 달리아에게 물어보기로 했다.

『계속 신경 쓰였던 게 있어.』

『뭔데?』

『크리스는 네 목소리를 들은 적이 없는 거야?』

핵심을 푹 찌른 내 말에 조금 놀라면서도 달리아는 주저하지 않고 고개를 끄덕였다.

검 실력이 나쁜 편은 아니기 때문에 목소리 정도는 들을 거라 생각했는데 꼭 그렇지도 않은 모양이었다.

『……우리는 너와 달리 원래 의식이 있어. 그 사실을 주인에게 전달하고 대화를 할지 말지는 본인의 판단에 달렸어.』

『그렇구나.』

즉── 대화를 할 수는 있었지만, 달리아가 말을 걸지 않았다는 건가.

나와는 상당히 다른 듯해 조금 부러웠다. 나는 아크와 대화하기까지 첫 만남 이후 7년이나 걸렸다.

『그리고…… 내가 녹왕이라는 걸 어떻게 안 거야? 나는 나나 다른 보물에 관해서도 잘 모르는데.』

――달리아는 다른 보물도 잘 아나?

『아아, 그거? 난 옛날부터―― 녹왕을 위한 검이었으니까.』

달리아가 천천히 입을 열었다.

그 눈동자는 여느 때보다 진지함이 서려서 달리아가 중요한 말을 하려는 걸 알 수 있었다.

『풀페스트를 지키는 것은 녹왕. 즉 너, 하미아야.』

확실히 방패인 보물은 나뿐이다.

지킨다는 단어가 피부로 느껴졌다. 나는 달리아의 말을 긍정하며 고개를 끄덕였다.

『전투 능력이 없는 녹왕 대신에 싸우는 게 나야.』

『나 대신?』

『그래. 난, 엄밀히 말하면 풀페스트를 위해 있는 게 아니야. 녹왕이 필요로 할 때 공격을 담당하는 존재지.』

나를, 위해서――?

전혀 몰랐던 그 사실에 머리가 혼란스러워졌다.

달리아가 존재하는 이유가 나라니.

하지만 달리아도 풀페스트의 보물인데?

『나는 대가 바뀌지 않아. 그래서 역대 녹왕을 모두 알고 있어.』

『!』

다시 말해 나 말고도 몇 대에 걸쳐 방패가 있었다는 뜻이다.

나는 침대에 놓인 방패로 시선을 향했다. 중앙에 왕관이 그려진 크리스털 방패다. 이 방패에 내가 아닌, 다른 이가 살았다는 걸까.

표현법이 조금 이상할지는 모르겠지만 틀린 말은 아닐 것이다.

『네가 모든 것을 지킬 테니, 내가 모든 것을 헤치며 나아가야 해. 단지 그것뿐이야.』

『지키다니, 대체 무엇에게서——.』

나라를 지킨다고 한다면 마물이나 전쟁에게서? 그런 단어가 나의 뇌리에 떠올랐다. 하지만 달리아에게 나온 대답은 한층 더 단순했다.

『물론—— 겨울의, 눈으로부터.』

확실히 그 나라에는 눈이 계속 내리고 있다.

그리고 나는 봄을 부르는 힘이 가졌다고 고서에 쓰여 있었다.

단순히 겨울을 끝내면 봄이 온다. 그렇게 되리라고 생각했는데.

달리아의 말투를 들으면 마치——.

겨울에게, 눈에게.

——습격이라도 당한 것 같다.

제5장 정식 기사

고블린 킹을 무찌르고 하루가 지났다——.

크리스가 머무는 샤르단 성의 어느 방에서 우리는 사과의 말을 들었다.

화려한 소파에 앉아서이긴 하지만 그 크리스가 사과를 하다니 전혀 예상 밖의 일이다. 이러다가도 내일이면 창을 휘두르는 것은 아닌지 의심이 든다.

마주 보고 앉은 아크는 눈을 크게 떴다.

"미안해. ……내 판단은 틀렸어."

크리스는 아크에게 고개를 숙이며 자신의 판단이 잘못되었음을 사과했다. 놀란 표정으로 크리스를 바라보던 아크는 즉시 고개를 저으면서 괜찮다고 말했다.

"크리스티아노 형님, 아닙니다. 상대가 고블린 킹이었으니 정상적인 판단을 하긴 어려웠을 겁니다."

"……그래. 하지만 고블린 킹을 우리 풀페스트가 무찌른 건 사실이야. 피해자는 안 생겼으니 다소 편의를 봐주겠지."

마치 자신의 공로처럼 말하는 크리스를 보며 나는 어처구니가 없었다.

고블린 킹에게 진 주제에, 공로를 가로채려고 하다니.

『공을 세운 건 우린데.』

『누가 아니래. 난 정말 이 녀석이 싫어.』

『전적으로 동의하는 바야.』

나와 달리아는 크리스를 싫어한다는 점에서는 상당히 단결력이 강하다.

공로를 전부 도둑맞는 건 분하지만 아크는 제6왕자……. 크리스에게 강하게 주장할 수 없는 것도 사실이다.

대체 어떻게 대처할까 생각하는데 아크가 입을 열었다.

"고블린 킹 건은 크리스티아노 형님의 공로라고 보고하셔도 상관없습니다. 저는 왕족의 일원으로 할 일을 했을뿐 딱히 무언가를 바라는 것은 아닙니다. 하오나──."

"괜찮으니 말해 봐."

"무찌른 것은 제 기사이니 물론 그에 맞는 보상은 주시겠죠?"

아크의 말을 듣고 링이 얼굴을 들었다.

평소보다 긴장했는지 표정이 조금 딱딱했다. 그래서 기사복을 입은 모습이 왠지 풋풋함이 느껴졌다.

평소에는 눈에 띄기 때문에 안 입지만, 링의 기사복은 제대로 준비해 두었었다. 아크와 링이 기사의 맹세를 나누자마자 아크가 마련했다.

설마하니 이러한 전개가 펼쳐지리라고는 생각지도 못했을 것이다. 나도 가만히 물러날 거라고 생각했었다.

크리스는 고민하는 척하더니 곧 승낙의 뜻을 보였다.

"하스티아크의 기사, 너에게는 금화를 하사——."

"그건 필요 없습니다."

『뭐?!』

『링?!』

크리스의 말을 가로막으면서 링이 거절했다.

물론 나와 달리아는 놀라 소리쳤다. 『이 녀석의 뒤치다꺼리를 해 준 셈이니 많이 뜯어내야지!』라고 달리아가 한술 더 떴지만, 링은 전혀 반응하지 않았다.

이미 마음을 굳힌 모양이었다.

"저는 하스티아크 전하의 가사. 주인의 손발이 되어 일하는 것이 임무입니다."

——그러니 보수는 필요 없다고 링은 당당히 말했다.

링이 남자답다고는 생각하지만 한편으로 아깝다는 생각도 들었다.

"그렇군. 기사의 자존심을 챙기겠다는 거네. 좋은 기사를 데리고 있구나, 하스티아크."

"링은 저의 기사이니. 당연합니다."

쌍검의 링과 방패 아크.

공격과 수비의 균형이 잘 어우러진 두 사람은 이제 와 생각하면 절대적으로 신뢰하는 사이였다. 그것을 어딘지 모르게 부러운 눈빛으로 바라보는 크리스가 인상적이다.

"……그래? 그렇다면 네가 일한 보상은 하스티아크에게 주도록 하지."

"감사합니다."

아크는 나를 든 채 쓴웃음을 지었지만, 그 표정에는 어딘가 만족스러움을 머금고 있었다.

이것이 왕족과 기사의 관계인 걸까.

──너무 부럽다.

딱히 할 이야기도 없어서 우리는 샤르단의 성을 뒤로 했다.

역시 대국이라서 상점도 사람으로 무척 북적였다. 흥겨운 웃음소리가 끊이질 않았고, 아이들도 뛰어다니면서 놀았고, 사람들이 장을 보기도 했다.

──치안이 좋은 것 같아.

풀페스트에 봄을 불러오면 샤르단을 참고해서 나라를 발전시키는 것도 괜찮을 것 같다.

밥이라도 먹으려고 거리를 걷는데 마음에 걸리는 대화가 귀에 들어왔다. 옷차림을 보아하니 상인인 듯한 남자 둘의 대화인데…….

"그러고 보니 풀페스트 이야기는 들었어?"

"응. 또 눈이 엄청 내렸다면서?"

"맞아, 맞아. 가끔 눈이 안 내리는 날이 있다던데 요즘 들어그런 날도 줄었다더군."

"정말? 샤르단에 태어나서 다행이야."

──눈이 예전처럼 계속 내린다고?

즉, 거의 그치지 않고 눈이 내린다는 걸까.

내가 힘을 얻고 나서 눈이 멈추고 구름도 늘어났는데…… 그 비율이 점차 예전으로 돌아가는 중인 걸 알게 되었다.

어째서?

『눈이 예전처럼 내리는 거야?』

"그런가 봐. 나도 보지 못했으니 뭐라 말할 수 없지만……."

『하지만 크리스가 식물을 살펴보러 왔었잖아?』

그것은 자국인 풀페스트에 가져가기 위해서였는데.

눈 내리는 빈도가 늘어났다면 그건 아무 의미가 없잖아? 그렇게 묻는 내게 아크는 약간 멋쩍은 듯 웃었다.

그것도 왕족의 업무라고 가르쳐 주었다.

"눈이 내리지 않는 날이 생긴 건 풀페스트에 아주 중대한 사항이라 사람들의 혼란을 초래할 수도 있어. 그래서 왕족 내에서는 그 사실을 인정하지만, 대외적으로는 인정하고 공표하지 않아."

『아…….』

다시 말해, 크리스는 그 사실을 제대로 파악하고서 숲에 왔던 거구나.

하지만 하늘이 맑아지면 식물을 키우고 싶다는 마음은 분명 진심이었을 것이다. 크리스가 식물을 관찰하는 시선은 아주 진지했었으니까.

"이것만큼은 어쩔 도리가 없어. 하미아의 잘못이 아니니 너무 기죽지 않아도 돼."

『응. 괜찮아, 난 내가 할 수 있는 일에 최선을 다할게.』

아크가 방패를 쓰다듬으면서 내게 기운을 북돋아 주었다.

왕족이라는 신분은 아크도 마찬가지이니 나보다 훨씬 괴로울 텐데.

『괜찮아. 게다가 난 크리스털 파편을 손에 넣었잖아? 풀페스트에 내리는 눈을 멈춰서 모두를 놀라게 하자!』

"응."

"일단 밥부터 먹자. 정식집 괜찮지?"

링이 짝 하고 손뼉을 치면서 이야기를 마무리 지었다.

우리가 여기서 설왕설래해 봐야 아무것도 달라지지 않는다.

북적이는 정식집으로 들어가 저녁을 먹기로 했다. 모험가 많은 모양인지 호쾌하게 먹고 마시는 소리로 떠들썩했다.

목조 건물로, 벽에는 메뉴가 붙었다. 맛있어 보이는 그림도 그려져 있어서 살짝 배가 고파졌다.

나는 방해가 되지 않도록 귀걸이로 모습을 바꾸었다.

최근에는 곧바로 방어할 수 있도록 방패 모습을 유지할 때가 많으니까.

변신을 하려면 마력 포인트를 사용해야 하지만, 링이 마력을 흡수해도 된다고 허락했기에 일상적으로 사용하는 몫은 그리 부족하지 않다.

"자, 오늘의 정식은—— 어?"

『왜 그래?』

링이 메뉴를 선택하려다가 인상을 찌푸리며 입구를 바라보았

다. 왜 저러지? 라는 생각이 드는 가운데 입구에 기사 한 명이
서 있었다.

──누구지?

"하스티아크 전하."

아크에게 용무가 있는 모양이다.

아까 보았던 크리스의 기사는 아닌 듯했는데, 알고보니 빌프
레드 왕자를 섬긴다고 말했다.

"빌프레드 형님의 기사라고. ……용건은?"

"네. 내일 저녁, 샤르단 성에 있는 빌프레드 전하의 응접실로
와 주십시오."

"……알겠어. 그만 물러가도 좋아."

아크는 곧바로 수락하고 기사를 물렸다.

뭐랄까, 아크는 우리를 대할 때와 그 밖의 사람을 대할 때의
태도가 전혀 다르다. 나와 함께 있을 때는 참 귀여운데 다른 이
를 대할 때는 기본적으로 쿨하다.

링은 딱히 신경 쓰지 않는 모양인지, 돌아가는 기사를 바라보
면서 고개를 갸웃거렸다.

"대체 무슨 일로 부르는 거지?"

"고블린 킹 때문에 부르는 게 아닐까?"

"아, 그거?"

그러고 보니, 크리스의 공적으로 돌리긴 했지만, 실제로 해치
운 사람은 링이다.

……하지만 그것을 빌프레드 왕자가 아는 것도 이상하다. 왜
냐하면 크리스가 그 사실을 빌프레드 왕자에게 이야기하는 모

습을 상상할 수 없으니까.

어차피 나는 아크와 함께 있을 테니 내일 몰래 엿들어야겠다.

"링도 함께 가자."

"뭐? 나도? 가도 괜찮아?"

"응. 공무가 아니니까 문제없어. 내 기사니까 늘 함께해야지."

어디선가 시간을 보낼 예정이었을 것이다.

아크에게 그 말을 듣고 놀라면서도 링은 "알겠다."며 고개를
끄덕였다. 즉, 우리는 달리아를 포함한 4인 체제다.

『뭐, 링은 그냥 호위만 하면 되지 않아?』

『그러게. 다른 걸 시켰다간 무례한 말을 막 할 것 같긴 해……』

"아니야, 나도 내 입장 정도는 분별할 줄 알거든?"

멋대로 재잘대는 우리를 보면서 링이 지적했다. 그것을 본 아
크가 웃으면서 링은 걱정 없다고 말했다.

신음 소리를 내면서 링이 후우~ 하고 크게 숨을 내쉬었다.

"목이 뻐근해……."

"이것만큼은 좀 참아야 해."

링은 정식 기사복을 입어서 그런지 매우 불편한 모양이었다.
오늘은 빌프레드 왕자가 불러서 샤르단 성에 와 있다.

"평소에 입는 옷이 편한데."

"아하하……."

링은 후우 하고 숨을 내쉬었지만 결코 불평을 뱉진 않았다.

──그런 모습이 어쩐지 귀엽다.

다크블루색 옷감이 링의 금발을 돋보이게 했다. 어깨에 걸친 망토가 꽤 멋있어서 개인적으로 좋아한다.

"젠장, 대체 언제까지 기다려야 하는 거야?"

"빌프레드 형님은 바쁘시니까……."

입만 다물고 있으면 완벽한데 왜 저렇게 입이 험할까.

여관(女官)에게 응접실로 안내를 받은 것 까진 좋았지만──

이럭저럭 30분은 기다린 것 같다.

형님은 바쁘기 때문에 어쩔 수 없다며 쓴웃음을 짓는 아크는 정말 착한 동생이라고 생각한다.

대국 샤르단이라서 그런지 안내받은 응접실은 무척이나 화려했다.

유연한 나무로 된 세간은 풀페스트에서는 손에 넣기 어려운 물건이다. 풀페스트에는 오히려 광물로 만든 물건이 더 많다.

소파가 너무 푹신푹신해서 아크가 살짝 잠길 정도다. 요즘에는 귀엽다고 하면 삐져서 말할 수는 없지만 푹신푹신한 소파에 앉은 아크는 너무 귀여웠다.

아크의 방은 매우 소박해서 이 응접실이 더 화려할지도 모른다…….

『역시 눈이 안 내리니 목재가 풍부해서 좋네.』

"응. 샤르단은 다방면으로 무역을 하니까. 우리도 많은 도움을 받지."

역시 눈이 안 내리면 이점이 많은 모양이다.

그로부터 15분쯤 더 흘렀을까.

빌프레드 왕자가 모습을 드러냈다.

풀페스트 왕위 계승 서열 제1위인 빌프레드 왕자.

아크와는 어머니가 다른 이복형제다.

붉은 머리카락, 흰색을 바탕으로 한 차분한 복장. 얼핏 보면 조용한 성격인 이미지가 강하다. 하지만 성검 알비를 들고, 크리스털 드래곤과 맞서 싸우는 강인한 면모도 가졌다.

대체 무슨 용무로 우리를 부른 걸까.

"잘 왔어. 건강해 보여서 다행이야."

"빌프레드 형님도 건강해 보이셔서 다행입니다."

소파에 앉으며 그 시선을 아크와 링에게 보냈다.

빌프레드 뒤에는 기사 두 명이 서 있었다.

예전에 길에서 보았던 기사와는 다른 사람이다. 역시 제1왕자라서 그런지 기사를 여럿 데리고 있는 모양이다.

떠올려 보면, 지하 보물 창고에 올 때도 기사를 데리고 왔었다.

빌프레드 왕자가 단도직입으로 입을 열었다.

"고블린 킹 토벌, 수고했어."

『──앗!』

고블린 킹을 무찌른 것은 크리스티아노라고 되어 있는 게 아니었나? 나의 뇌리에 불안감이 번졌다.

크리스나 그 자리에 있던 기사들이 빌프레드에게 말했을 리도 없다.

자, 이제 어떻게 해야 하지? 어설픈 대답은 피해야겠다고 생각하는데 아크가 태연한 표정으로 말했다.

"그건 크리스티아노 형님의 공적입니다."

"그 녀석의 실력으로 해치울 상대인지 아닌지 정도는 판단한다. 해치운 건 너의 기사지?"

"…………"

빌프레드 왕자의 검은 눈동자가 아크 뒤에 서 있던 링에게 향했다.

분명, 고블린 킹을 무찌른 것은 링과 달리아다. 하지만 어째서 그것을 확신하듯 말하는 걸까. 크리스의 기사가 해치웠을 수도 있지 않은가.

"물론 제 기사가 고블린 킹을 잡을 때 돕긴 했으나——."

"숨길 필요 없어. 하스티아크, 넌 그 기사를 정식으로 등록하지 않았지?"

"그건…… 네."

——정식 기사 등록!

무도회에서 일 다람쥐들에게 습격을 받은 아크의 곁에 있을 수 없어서 링이 진심으로 원했던 정식 기사 자격.

여기서 말하는 정식 기사 등록이란, 풀페스트 왕국에 등록하는 것을 가리킨다.

왕자와 공주는 자신의 기사를 가질 수 있다. 그것은 크게 공인과 비공인으로 나뉜다.

공인 기사란.

맹세를 나누고 국가에 정식으로 등록한 기사를 말한다.

기사라는 증거로 주인의 엠블럼을 옷에 붙일 수 있다. 그리고 다양한 공식 석상에 동행할 수 있다. 굉장히 영예로운 직책이다.

비공인 기사란.
맹세는 나누었으나 국가에 등록하지 않은 기사를 말한다.
정식으로 인정받지 못했기 때문에 공식 석상에 동행할 수 없는 경우가 많다.

이 두 가지가 큰 차이점은—— 기사가 가진 권력의 크기이다.
링은 지금 비공인 기사이기 때문에 아무런 권력도 갖고 있지 않다. 만약 정식 기사가 되면 풀페스트 안에서 다소 지위를 손에 넣을 수 있다.
성의 기사단 지위는 높은 서열에 속하니, 아크의 기사로서 명령을 내리는 것도 가능하다.
이러한 시스템은 알았지만, 아크에게는 여태껏 기사가 없었다.
혼자만 대우가 좋지 않았고, 생모의 신분도 낮았기 때문에 하대받는 일이 잦았다. 그러한 왕자의 기사가 되고 싶어 하는 자는 없었다.
빌프레드 왕자가 담담히 말을 이었다.
"정식 기사로 삼으려면 신중한 판단이 필요할 거야. 신뢰하기 힘든 사람을 곁에 둘 수는 없으니까."
"……네."
가장 두려운 건 정보 누설이겠지.
그렇기 때문에 모든 기사를 정식으로 등록하지는 않는다. 빌프레드 왕자나 크리스도 많은 기사를 데리고 있지만, 정식 기사는 아주 적다고 예전에 아크가 가르쳐 주었다.

"내 권한으로 그 기사를 정식 인정하고 엠블럼을 수여하지."

"빌프레드 형님?!"

그 말에 아크는 물론, 나도 링도 놀랐다.

왜냐하면 링을 정식 기사로 임명해도 빌프레드 왕자에게는 아무런 메리트가 없으니까.

제1왕자가 본인에게 아무런 이득도 없는 일을 왜 하려는 걸까.

"너도 왕족이니 기사가 필요하잖아. 본래라면 여러 명의 기사를 둔다 해도 이상할 게 없지."

"그건 거절하겠습니다. 제 기사는 링뿐입니다."

"그렇겠지. 그럼 일단 한 명이라도 정식 기사로 삼아. 크리스털 드래곤의 공격으로부터 마을을 지킨 왕자에게 아직 정식 기사가 없다는 것도 체면이 서지 않으니까."

──그런 거였군.

빌프레드 개인이 아닌, 풀페스트의 국가적 체면을 염려한 판단이었구나.

예전에 약혼자도 정해야 한다고 했던 것을 떠올렸다.

유소년기 때는 실컷 내버려 뒀으면서 정말이지 **뻔뻔**하다.

"하지만 곧바로 정식으로 임명할 수는 없어. 원래라면 기사는 실력을 증명해야 하니까."

"네."

음, 내가 모르는 절차랄까, 순서가 있는 모양이다.

기사의 실력은 대체 어떤 식으로 증명하는 걸까. 아크에게 묻고 싶지만, 지금은 빌프레드 왕자가 있어서 대화할 수 없다.

밑져야 본전이라는 생각으로 달리아에게 물어보니, 거리낌 없이 대답해 주었다.

『녹왕…… 아니, 하미아는 몰라? 아무나 기사가 되면 안 되잖아, 그래서 실력을 검증하는 시험에 합격해야 정식 기사가 될 수 있어.』

그렇구나.

우리 목소리가 빌프레드 왕자에게는 들리지 않기 때문에 달리아가 알려 주었다.

『평소에는 시험 장소로 던전을 사용했지만 이곳은 샤르단인데 어떤 식으로 시험하려는 거지?』

『음, 마물을 토벌하고 오라든가?』

『암만 그래도 타국에서 그런 걸 시키기야 하겠어?』

음, 그건 그래.

기사 시험을 치러야 하니 던전을 빌려 달라는 말은—— 하지 않겠네.

마물 퇴치라면 민폐를 끼칠 걱정은 없겠지만, 샤르단 측에게 다른 나라의 왕족이 멋대로 날뛰는 것 자체가 그리 기분 좋은 일은 아닐 것이다.

그렇다면 대체 어떻게 시험을 치른다는 걸까.

아크도 나와 같은 결론을 내렸는지 빌프레드 왕자에게 물었다.

"어떤 식으로 시험하시겠다는 거죠?"

"물론, 나와의 모의전이지."

"——네?! 무슨 말씀을 하시는 겁니까. 제1왕자가 제 기사와

모의전이라뇨!"

"이미 결정된 일이야."

빌프레드에게 시험 내용을 듣고 아크가 곧장 반론을 제기했지만, 가볍게 각하되었다.

나도 놀라서 뒤에 있는 링을 쳐다보니—— 표정은 평소와 같았지만, 눈을 조금 크게 뜬 걸 보니 생각 밖의 제안에 놀랐을 알 수 있었다.

빌프레드 왕자는 아크를 개의치 않고, 뒤에 선 링에게 시선을 보냈다. 자신의 발언이 각하될 일은 없다는, 확신에 찬 강렬한 힘을 지닌 눈동자.

"하스티아크의 기사여, 준비는 되었나?"

"네."

링이 긍정을 표시해, 모의전을 펼칠 광장으로 곧장 장소를 옮겼다.

시점: 링

전혀 예상하지 못했던 빌프레드 전하와의 모의전.

하스티아크는 조금 불편한 내색을 했지만, 이 시험으로 인정받으면 나는 하스티아크의 정식 기사가 될 수 있다.

——절대 질 수 없다.

모의전은 기사들이 단련하는 광장을 빌려, 하스티아크의 입회 하에 열렸다.

나는 이미 준비가 끝났다.

상대는 벤치 옆에서 마지막 점검을 하는 것 같다. 훨씬 움직이기 편한 복장으로 갈아입었고, 그 허리에는 성검 알비를 찼다.

달리아가 빌프레드 전하를 보고 살짝 눈을 가늘게 떴다.

『흠…… 저 녀석, 강해.』

"그런 것도 알 수 있어?"

성검을 지닌 제1왕자의 이름은 결코 허명이 아니겠지. 내 쌍검보다 칼의 폭이 배는 넓어서 일격의 대미지가 훨씬 강할 것 같다.

『그나저나, 평소에는 목검을 사용하는 거 아니었어?』

"평소에는 그렇지."

하지만 지금은 평소가 아니다.

나도 상대도 진지하게―― 자신의 애검을 사용한 모의전이다.

물론 목검으로 하자고 진언했으나 무정하게도 거절당했다. 대체 무슨 생각을 하는 건지 모르겠다.

확실히 빌프레드 전하의 검 실력은 뛰어나다고 들었다.

실제로 검을 휘두르는 모습을 본 적은―― 크리스털 드래곤과 싸울 때 단 한 번뿐이었다. 하지만 그 때는 상대가 압도적으로 강했다. 그래서 나는 빌프레드 전하의 실력을 예상할 수 없다.

――반드시 이겨야 해.

빌프레드 전하는 강하다.

즉, 내 실력은 대강 예상했을 것이다. 그렇다면 역시 진검 승부라는 선택지는 없었을 것이다.

내 역량을 안다면 그것이 위험하다는 걸 알 테니까.

"──잠깐."

거기까지 생각했을 때, 나는 한 가지 가능성을 깨달았다.

어쩌면, 아니, 틀림없이── 달리아를 눈치챈 게 아닐까.

그리 생각하면 이해가 된다.

크리스티아노 전하가 고블린 킹을 토벌하는 것은 무리다.

하스티아크는 방어에 특화됐다. 가능한 공격은 마법 발사뿐.

하지만 고블린 킹에게 입힌 치명상은 검 공격이었다. 그것도 쌍검이다.

그렇다면 자연스럽게 내 이름이 떠오르리라.

하지만 가장 큰 포인트는 따로 있을 거라고 난 생각한다.

──빌프레드 전하의 성검.

그건 달리아와 똑같은 존재일 것이다.

그래서 아마 빌프레드 전하도 검과 대화할 수 있는 게 아닐까 하는 생각이 든다.

"기다리게 해서 미안하군."

"……아닙니다."

한창 생각에 잠겨 있는데, 준비가 끝난 빌프레드 전하가 단련장 중앙으로 나왔다. 생각을 일시 정지시키고 마주 섰다. 시야에 진지한 눈빛으로 나를 바라보는 하스티아크가 들어왔다.

──압박감.

"저 녀석 앞에서 꼴사나운 모습을 보일 수는 없지."

『흥. 그럼 이기면 돼.』

"쉽게 말하지 마."

작은 목소리로 달리아와 대화한 후, 나는 인사를 했다.

이것은 내가 정식 기사 신분을 손에 넣기 위한 시험이다.

우리는 서로 몇 발자국 뒤로 물러나서 공격할 타이밍을 엿보았다. 하지만 빌프레드 전하는 검을 쥐려고도 하지 않았다.

──날 얕보는 건가?

그러한 예감은 적중했다. 빌프레드 전하는 싸울 생각이 전혀 없는 듯한 미소를 지으며 내게 말을 걸었다.

"시작할까? 덤벼."

"……그렇다면, 기꺼이."

붉은 머리에 검은 눈동자. 하스티아크와는 전혀 다른 외모인데 그 자태는 어딘지 모르게 닮았다.

나는 땅을 박차고 쌍검을 뽑아 아래에서 위로 휘둘렀다.

빌프레드 전하는 한 걸음 더 뒤로 물러나 나를 지켜보려는 듯 그 검은 눈동자를 가늘게 떴다.

여유롭게 일격을 피하는 동작에 놀라면서도 나는 이격, 삼격을 거듭하며 공격했다.

"제법인데?"

어깨를 노리고 달리아를 휘두르자, 빌프레드 전하는 그제야 겨우 허리에서 성검을 뽑았다. 캉 하는 높은 소리가 울려 퍼졌고, 내 쌍검과 성검이 처음으로 칼날을 부딪쳤다.

있는 힘을 다 쏟아부었는데, 빌프레드 전하의 성검은 전혀 흔들림이 없었다.

"칭찬해 주셔서 감사합니다…… 윽!"

감사 인사를 전하면서 이번에는 몸을 지탱하는 다리에 체중을 싣고 쌍검에 더욱 힘을 주었다. 하지만 빌프레드 전하는 너무나도 쉽게 그것을 막았고, 튕겨 냈다.

──스피드는 내가 빠르지만, 검의 무게는 상대방이 한 수 위다. 이번엔 어떻게 할까 생각하는데 내게 질문이 날아왔다.

"그 쌍검은 이름이 뭐지?"

"이름──?"

달리아.

라고는 역시 말할 수 없다.

스승님께 받은 이 쌍검에 이름이 있었는지 없었는지도 모른다. 그러니 이름을 붙인다면 달리아겠지.

"이 쌍검은 이름이 없습니다."

"왜지? 그건 꽤 좋은 검이야. 그래, 내 성검과 견줄 만한 가치가 있다고 생각해."

"……윽!"

역시 달리아를 눈치채고 있어.

예상은 내 안에서 확신으로 바뀌었다.

"크…… 윽!"

무거운 일격을 애써 성검으로 막았지만 팔이 저렸다. 이번 공격은 버티기 힘들었지만 어떻게든 필사적으로 버텼다.

"아직 검이 가볍군."

비참하게 땅에 무릎을 꿇는 짓은 하지 않을 것이다.

성검의 진동을 느끼면서 나는 아주 잠시 몸에서 힘을 뺐다.

그사이에 만들어지는 가벼운 공기. 나는 그대로 자세를 바꿔 한쪽 쌍검을 지면에 꽂고, 다른 한쪽을 휘둘러 공격했다.

할 수 있어……!!

"핫!"

"──윽, 알비!"

여태까지보다 속도를 높였기 때문에 빌프레드 전하는 당황하며 애검인 성검의 이름을 불렀다. 역시, 저것도 의식이 있는 보물이다.

『간다, 링! 연속으로 공격해!』

"응!"

호쾌한 진격이다.

나는 빌프레드 전하를 향해 숨을 쉴 틈이 없을 정도로 쌍검을 휘둘렀다. ──하지만 그 칼날이 상대의 몸에 도달하는 일은 없었다.

성검이 모든 공격을 튕겨 내는 바람에 전혀 상처를 입힐 수 없었다.

카앙── 한층 더 큰 소리를 내면서 쌍검과 성검이 부딪쳤다.

하지만 그것은 동시에 끝을 알리는 신호가 되었다.

"여기까지다. ……좋은 기사를 가졌구나, 하스티아크."

가볍게 미소지으며 빌프레드 전하는 단 한 마디, "합격."이라고 말했다.

◇　◇　◇

우아아아아아아아! 굉장해!!

긴박했던 검투전을 보고 나도 모르게 흥분했어……!

링과 빌프레드 왕자의 승부는 빌프레드 왕자의 한마디로 막을 내려 결판을 짓지 못했다.

실력을 보기 위한 것이어서 애초에 승패는 상관없었다. 그렇지만 링이었다면 이겼을지도 모르니까 조금 아쉬웠다.

나와 아크는 모의전을 마친 링에게 축하한다고 말하며 맞아주었다.

"수고했어, 링. 빌프레드 형님께 뒤지지 않다니, 정말 대단해."

『대단했어!』

"응."

우리는 정식 기사가 된 링을 축하해 주었다.

빌프레드 왕자에게 돌진하는 링은 강했고, 무엇보다 스피드가 압도적이었다. 일격의 위력은 부족했지만 그것을 스피드가 만회했다.

역시 우리의 칼잡이 대장이다. 자랑스러워, 후훗.

링이 수건으로 땀을 닦는데 빌프레드 왕자가 이쪽으로 다가와 아크에게 향했다.

"하스티아크, 너 엠블럼은 있어?"

"아뇨, 없습니다."

"그럼 얼른 제출해."

"네."

수건으로 땀을 닦은 빌프레드는 담담히 앞으로의 절차를 알려주었다.

엠블럼이란 기사임을 증명하는 것. 즉, 주인의 문장이라고도 할 수 있다.

『그러니까, 디자인을 생각하라는 거지?』

『그렇지.』

내 말에 달리아가 동의했다.

빌프레드의 기사 중, 성검을 본뜬 엠블럼을 단 기사를 떠올렸다. 그렇군. 그 사람이 정식 기사였어.

엠블럼을 달지 않은 자는 정식으로 등록하지 않은 기사인가 보다.

『어차피 하스티아크의 엠블럼은 방패 아니야?』

『선택한 보물이 방패이긴 하지. 하지만 꼭 그래야 한다고 정해진 건 없잖아?』

그래서 어떤 엠블럼이 완성될지 모른다.

아크의 특기인 마법을 본뜬 엠블럼도 좋고 봄과 같은 계절을 이미지화 해도 좋을 것이다.

검이라면 당연히 멋있겠지만, 과연 방패는 어떨까.

엠블럼 형태로는 적당할지도 모르겠다. 하지만 그다지 강인함은 느껴지지 않는다. 방패이니까.

"그럼 나중에 제출하겠습니다."

"그래."

달리아와 엠블럼 이야기를 나누는데, 마침 아크와 빌프레드 왕자의 대화가 끝난 모양이었다.

시험을 본 건 기사인 링이지만, 앞으로 일을 처리하는 사람은 주인인 아크다. 물론 그건 신청을 포함한 모든 절차를 말한다.

가볍게 대답한 후 빌프레드 왕자는 방을 나갔다.

남은 것은 우리 네 사람.

아크가 후우 하고 크게 심호흡하듯 숨을 몰아쉬었다. 그리고 시선을 링에게 슬쩍 향했다.

"링이 내 정식 기사라……."

"뭐야, 불만이야?"

"그럴 리가. 기뻐."

지금까지도 정식 기사와 전혀 다를 바 없이 대했었다.

하지만 앞으로는 조금씩 변할 거라고 생각한다. 왕족인 아크를 지키려면 기사의 신분도 중요하다.

다소의 무례는 허락되는 지위가 필요하다.

"일단 숙소로 돌아가자. 이런저런 잡무는 미뤄도 되지만, 엠블럼도 생각해야 하니까."

숙소로 돌아가기 전, 우리는 노점에서 저녁거리를 구매하기로 했다.

서둘러 여러 절차를 처리해야 하기에 사온 걸 먹으며 이야기를 진행할 계획이다. 식당에서 할 이야기는 아니니까.

"일단 고기부터."

『아직 어리니까 채소도 많이 먹어! 균형 잡힌 영양, 튼튼한 몸, 이거야말로 기사!』

"나도 알아."

고기를 파는 노점에만 발걸음 하는 링에게 주의를 주자 아크가 웃었다.

완전히 내가 엄마 같다는 생각이 들었지만, 몸이 재산이니 소중히 여기면 좋겠다. 아크는 편식하지 않고 언제나 균형 잡힌 식사를 한다. ……예전에는 완두콩을 싫어해서 빼고 먹었다는 건 비밀에 부치겠다.

꼬치구이를 몇 개 사고, 채소 스틱은 아크가 링의 몫까지 샀다.

"이 정도면 되겠지."

꼬치를 뜯으면서 링이 고개를 끄덕였다.

숙소에서 먹는 게 아니었어? 라고 생각했지만, 꼬치구이라 상관 없지 싶어 웃고 말았다.

『어?』

"방패?"

이제 돌아가려나 보다 생각했을 때, 아크가 날 링에게 건넸다.

이제껏 이런 적이 없어서 무슨 일인가 싶어 아크에게 시선을 보냈다. 방패인 나는 늘 아크가 들었는데.

『아크?』

"금방 돌아올게! 미안해, 하미아. 잠시만 기다려 줘."

『으, 응?』

어딜 가는 건지 궁금해하는 와중에 아크는 한 가게로 들어갔다.

『어라, 무슨 가게지—— 앗?!』

외관이 귀여운 가게를 바라보는데 갑자기 링이 몸을 빙그르르 돌려 방향을 바꾸었다. 그 바람에 뒤쪽으로 숨겨진 나는 가게가 보이지 않았다.

"하스티아크가 어떤 가게에 들어가든 네가 무슨 상관이야?"

『그, 그건 그렇지만. 그냥 좀 궁금했을 뿐이라고!』

크윽. 역시 아크의 기사, 내 편은 아닌 것 같다.

10분쯤 지나 돌아온 아크는 무척 만족스러운 표정을 해서 나는 뭘 하고 왔는지 물어볼 수 없었다.

아아아, 궁금해~!

저녁을 순식간에 먹어 치우고 우리는 엠블럼이라는 화제를 도마 위에 올렸다.

"엠블럼은 정했어?"

"대충."

0부터 시작해야 하는 줄 알았는데, 아크의 머릿속에는 이미지가 이미 정해진 듯했다. 그렇다면 일은 금방 진행되겠지.

아크는 품에서 한 장의 종이를 꺼내어 우리 앞에 펼쳐 놓았다.

아크가 보여 준 종이에는 엠블럼 디자인이 있었는데——.

『이건 안 돼!』

"왜? 어째서? 난 좋아 보이는데."

"푸읍, 나도 뭐, 이걸로 해도 상관은 없어."

웃음을 참으면서 찬성하는 링은 보나 마나 나를 놀리는 거겠지.

아크가 준비한 디자인은 방패를 모티브로 한 것이었다.

거기까진 좋다.

하지만 거기에는 어딜 어떻게 보아도 나로 보이는 사람이 그려져 있다.

풍성한 허니 그린색 머리카락을 가진 귀여운 여자아이다. 그것 때문에 엠블럼 디자인이 순식간에 귀엽게 변해 버렸다.

이것만큼은 결단코 거부하고 싶다.

『이거, 나잖아? 게다가 너무 귀여워……. 아크는 왕자니까 좀 더 멋있는 게 좋을 것 같아.』

"하미아가 그렇게 말한다면 그것도 좋겠네."

왠지 모르게 풀이 죽은 느낌도 들지만, 아무리 그래도 내 모습이 들어간 건 부끄럽다.

『그보다 쌍검을 그려 넣는 게 더 낫지 않아? 그렇지, 달리아?』

『갑자기 나한테 묻지 마.』

일단 화제를 다른 곳으로 돌리려고 달리아에게 의견을 묻자 예상하지 못했던 대답이 아크에게서 흘러나왔다.

"아, 쌍검은 링의 엠블럼에 들어가니까 괜찮아."

──뭐?

"메인 엠블럼이 있고, 그걸 바탕으로 변형한 엠블럼을 기사에게 부여하는 거야. 그러니 링에게 부여할 엠블럼에는 쌍검 문양을 디자인했어."

『그랬구나.』

그렇군.

즉, 기사마다 부여받는 엠블럼 디자인이 조금씩 달라지는 거구나.

우리 이야기를 들은 아크는 엠블럼 디자인에 손을 갖다 댔다.

여자아이 대신 방패를 중앙에 배치한 디자인. 오른쪽 아랫부분에는 방패에 있는 것과 같은 모양의 꽃이 피어 있었고, 중앙에는 왕관도 있다.

그야말로 나를 상징하는 엠블럼이다.

『방패가 있는 건 좋은데 아크는 마법이 특기잖아? 그건 엠블럼에 안 들어가도 되는 거야?』

"응. 나는 하미아만 있으면 돼."

『아, 그래.』

……즉답을 듣고 말았어.

마법이 특기라고는 하나, 아크 역시 왕족이기에 받은 보물을 모티브로 한 엠블럼을 만들고 싶은 걸지도 모른다.

빌프레드 왕자도 보물인 성검을 바탕으로 엠블럼을 디자인한 걸 보면 이게 통례인걸까.

그리 생각하고 있을 때, 아크가 마침 생각났다는 듯 말했다.

"아, 하지만 줄리에타 누님은 보물인 쥘부채를 모티브로 하지 않고, 꽃을 엠블럼으로 했어."

"호오. 사람마다 다 다르네."

오히려 여자가 훨씬 무언가에 구애받지 않고 엠블럼을 디자인하는 걸지도 모른다.

우리를 북쪽 탑에 가둔 줄리에타 공주라면 공격적인 엠블럼을 만들 것 같았는데…… 의외로 여자다운 면도 있나 보다.

일단 엠블럼 디자인이 완성되었으니 이제 아크가 남은 절차를 끝내면 된다.

예전부터 대략적으로 구상하던 거라서 금방 결정되었다. 이것으로 링은 정식 기사가 되고 아크의 엠블럼도 완성됐다.

응. 좋아, 좋아!

위험해, 실없이 웃어 버리고 말 것 같아. 이럴 때는 내가 방패라는 사실이 진심으로 위안이 된다. 실없이 웃는 칠칠치 못한 얼굴을 아크에게 보여 줄 수 없으니까.

"하미아, 인간의 모습으로 변신할 수 있겠어?"

『뭐?』

하필 이 타이밍에 인간의 모습으로 변하라고 하다니. 아크는 내 마음을 꿰뚫어 보게 된 건가?

나는 잠시 멈칫했지만 당연히 수긍했다. 단, 3분만 기다려 달라고 했다.

실체화를 ON으로 바꾸자 손바닥 크기만 한 몸으로 변신했다. 달리아처럼 날 수는 없기 때문에 침대 위에 앉았다.

──하지만 대체 뭣 때문에 그러는 걸까?

내가 갸웃거리자, 아크가 수줍게 웃었다.

"혹시라도 필요할 것 같아서 샀어."

『뭐?』

아크가 가방에서 주머니를 꺼냈다.

조금 전에 들렀던 가게와 똑같은 마크가 그려져 있어서, 나를 링에게 맡겼을 때 사 온 물건임을 금방 알아챘다.

주머니에서 꺼낸 것은 작은 쿠키다.

『맛있겠다…….』

——하지만 내가 무언가를 먹을 수 있을까?

지금까지 시도해 본 적이 없었다. 방패의 모습일 때는 말할 것도 없고 인간의 모습일 때도 배가 고프지 않았다.

먹을 수 있을지 없을지는 모르겠지만 먹을 필요는 없다는 것이 내 견해다.

분명 아크도 나와 같은 견해일 거라 생각한다. 함께 있었던 시간이 기니까 먹지 않아도 괜찮은 건 알고 있으리라.

——그럼에도 과자를 사 왔다.

그 사실이 그저 순수하게 기뻤다. 단순히 방패가 아닌, 하미아라는 하나의 인격체로 나를 봐 준다는 거니까.

『……먹어도 돼?』

"물론이지."

작지만 내게는 조금 큰 쿠키를 양손으로 잡고 베어 물었다.

……달다.

"실체가 있으면 먹을 수 있구나."

"우리만 먹으면 미안하니까."

"그렇군." 이라고 말하면서 수긍하는 링 옆에서 나는 쿠키를 오물오물 계속 먹었다. 말없이 먹는 나를, 아크가 불렀다.

하지만 대답을 할 수가 없었다.

내 눈에서 왕방울만 한 눈물이 흘러넘쳤으니까.

"하미아?"

『……맛있어.』

무언가를 먹는다는 것이 이렇게 행복한 일인 줄은 몰랐다.

이 세계에 방패로 환생한 뒤로 쭉 아무것도 안 먹었으니까.

아크와 만나기 전에는 수년 동안 대화 상대도 없는 보물 창고에 있었기 때문에 상당히 고통스러운 긴 시간을 보냈었다.

그 다음에는 대화는 불가능해도 아크와 함께 있어서 행복했다.

만난 지 7년 만에 겨우 아크와 대화를 할 수 있었다. 지금도 어제 일처럼 느껴질 정도로 소중한 추억이다.

『고마워, 아크.』

"나야말로, 함께 있어 줘서 고마워."

아크가 침대에 앉은 나를 들어 올려 눈물을 닦아 주었다.

에헤헤, 나는 수줍게 웃으면서 손가락을 끌어안았다. 아크의 체온이 내게 전달되어 무척이나 따스했다.

──아아, 행복해.

"……너도 먹을 수 있어?"

『나? 딱히 그럴 필요도 없고 음식에 집착하지도 않아.』

"흠. 같은 보물이라고 해도 꽤 다르네."

옆에서 링과 달리아가 대화하는 소리가 들렸다.

……듣자 하니 나를 먹는 걸 밝히는 방패로 취급하는 것 같아서 기분이 묘하게 상하는데? 모처럼 아크가 감동을 선사했는데

이 분위기를 깨뜨리지 말아 주겠어?

『달리아도 먹어 봐! 밥은 언제 어느 때 먹어도 옳으니까!』

『아니 난 됐어……. 안 먹어도 문제없어.』

『쌍검으로서의 생애를 손해 보고 있어! 방패로서의 내 삶을 본받아야 해!』

"뭐냐, 그 인생관은……."

아크에게 쿠키 하나를 더 받아 오물오물 씹으면서 달리아에게 손해 보는 인생을 사는 중이라고 말해 주었다.

반짝반짝 빛나는 샹들리에, 오색찬란한 칵테일과 와인을 들고 있는 웨이터. 테이블에는 식사가 준비되어 있었다. 주변을 둘러보니 입식(立食)임을 알 수 있었다.

그렇다.

오늘은 고블린 킹을 퇴치한 축하 파티──라는 명목으로 무도회가 열렸다.

『있잖아, 아크! 나, 안 무거워? 괜찮아?』

"이제 괜찮아, 하미아. 나도 몸을 단련해야지."

귀걸이로 변신한 나는 아주 조금 평상시보다 무겁다.

절대 방어를 사용하는 대가로 증가한 나의 체중, 기본적으로 ── 방패의 중량은 시간의 경과와 함께 줄어들긴 했으나, 아직 증가치가 0이 된 것은 아니다.

아크의 귀를 무겁게 만들었다는 점이 매우 미안했는데, 정작 아크는 괜찮다며 웃을 뿐이었다.

『힘들면 바로 말해 줘야 한다? 링에게 맡겨도 되고.』

"그런 짓은 안 해. 나도 남자니까 약간의 무게쯤은 괜찮아."

설령 아크가 괜찮다고 해도 나는 전혀 안 괜찮거든!!

아름답게 성장한 아크는 그야 뭐, 잘생긴 얼굴과 왕자 스마일로 인기 폭발이다.

그 증거로 한껏 꾸민 영애의 시선이 아크에게 쏟아지는 게 빤히 보였다. 아마, 링에게도 그럴 것이다.

이 세계에서는 15세부터 무도회에 참석할 수 있다.

13세 때 학교에 입학해, 그 후 2년 동안은 학교에서 열리는 파티에 참석한다.

단, 물론 예외도 있다. 그것은 아크와 같은 왕족이다.

왕족은 사교에 익숙해야 하기에 유소년기 때부터 참석할 수 있다. 아크는 입학 파티가 맨처음 사교의 장이었지만, 다른 왕자나 공주는 일찍 무도회에 참석했다고 들었다.

"그건 그렇고 링의 기사 신청이 늦지 않아서 다행이야. 정식 기사로 인정받지 못한 상태로는 무도회에 동행할 수 없으니까."

빌프레드 왕자가 링의 기사 신청 절차를 신속히 처리해 주었다.

"그러게. 게다가 정식 기사라면 검을 차는 것도 허용돼."

『아크는 무기를 가지고 있을 수 없다. 하지만 원래부터 없었으니까 뭐. 그리고 나는 귀걸이 상태로 있으면 되니까 걱정하지 않아도 되고.』

링의 가슴에는 아크의 방패를 모티브로 한, 금색 테두리를 두른 엠블럼이 있다. 거기에 쌍검 무늬도 들어가서 다크 블루색 기사복에 잘 어울렸다.

"뭐, 나는 하스티아크의 뒤에 서 있기만 하면 되니까 편해."

보아하니 링은 사람들의 시선을 눈치채지 못한 모양이다.

아크에게 인사를 하려고 풍채 좋은 남자가 다가오는 것이 내 시야에도 들어왔다. 그렇군.

역시나 영애가 먼저 인사를 하러 올 리가 없지.

왠지 마음이 놓였다.

"처음 뵙겠습니다. 풀페스트의 하스티아크 전하가 맞으시죠?"

"네."

"저는 다니엘 브룩입니다. 만나 뵙게 되어 무척 기쁩니다."

"아아── 물론 알고 있습니다. 브룩 공작의 이야기는 주변에서 종종 들었습니다. 저도 만나 뵙게 되어 기쁩니다."

씨익 미소를 지으면서 아크가 인사를 했다.

이름만 듣고도 그 사람의 신분을 곧바로 떠올리다니. 역시 왕자는 다르다니까.

"어머, 다니엘 삼촌. 하스티아크 왕자를 독점하시다니, 너무하세요."

"엘리자베스 님."

형식적인 인사만 나누면 끝이라고 생각했는데, 아크와 비슷한 나이로 보이는 여자아이가 모습을 드러냈다. "오랜만이에요." 라며 웃는 모습은 마치 장미 같다.

선명한 붉은 드레스를 입었고, 아름다운 붉은 기가 도는 검은 색에 가까운 머리카락에는 컬이 잔뜩 들어가 있다. 윤기가 흐르는 미소를 머금은 입술과 강해 보이는 눈동자.

"오랜만이네요, 엘리자베스 공주. 잘 지냈나요?"

"네. 하스티아크 왕자님도 잘 지내신 것 같아 다행입니다."

엘리자베스라고 불린 여자아이가 성큼 한 발자국을 내밀며 아크에게 다가왔다. 아크와 아는 사이 같은데 나는 누군지 모른다.

……늘 아크와 함께 있었으니 내가 모를 리가 없는데. 그렇게 생각했지만, 어쩌면 내가 잠들어 있던 동안 학교에서 알게 되었는지도 모른다.

그녀가 아크에게 자신의 유학에 관한 화제를 꺼냈기에 그것은 확신으로 변했다. 그 대화를 들으며 그녀가 샤르단의 제4왕녀, 엘리자베스 마리아 샤르단 공주라는 것도 알게 되었다.

대국의 공주…… 그렇다면 성격이 드세 보인 것도 이해가 된다. 다른 나라와 비교했을 때 샤르단은 압도적으로 유리하다.

노여움을 사면 무슨 짓을 당해도 이쪽에서는 이길 승산이 없으니까.

회장 안에는 여유로운 선율이 흐르기 시작했다. 본격적으로 무도회가 시작되었음을 알리는 신호.

"하스티아크 왕자님, 댄스가 시작되었네요."

"……한 곡, 청해도 될까요?"

"물론이죠."

씩 하고 미소를 머금으면서 내민 아크의 손을 만족스럽게 잡았다. 엘리자베스 공주가 저렇게까지 말했으니, 아크가 댄스를 거절할 수 있을 리 없다.

──대국의 공주님, 왠지 무섭다.

『하지만 역시 공주님은 다르네. 춤 실력이 뛰어나.』

춤을 추는 사람 중 가장 아름답다고 막연히 생각했다.

──나도 이렇게 춤을 출 수 있었다면 즐거웠을 텐데.

아크와 엘리자베스 공주는 나이도 비슷하고, 춤을 추는 모습
도 한 폭의 그림 같다. 멋있다……고 생각하지만, 엘리자베스
공주는 조금 기가 센 것 같다.

우리 아크는 다정하고, 박학다식하고, 마법도 강하고, 왕자님이
고……. 굳이 고르자면 귀여운 공주님이 잘 어울릴 것 같은데.

그리고 문득 생각한다. 아니, 늘 생각하고 있었다.

이렇게 아크를 속박해도 되는 걸까 하고.

나 때문에 결혼을 못 했다!라는 사태가 벌어지면 미안해서 죽
어 버릴지도 모른다.

──나 때문에 아크의 소중한 시간이 점점 줄어든다. 10대는
순식간에 지나가 버리고 마는데.

10대의 사랑을 경험해 보고 싶진 않을까. 나는 방패라서 분
명, 평생 연애와는 인연이 없을 테지만.

『…………』

그것은 조금 쓸쓸하게 느껴졌다──.

　몇 번이나 춤을 춘 후, 많은 이와 인사를 나누다 보니, 정신을 차렸을 때는 밤도 깊어 있었다.

　아크는 링과 함께 벽에 기대어 무도회장을 바라보고 있다.

　"이 나라는 활기차서 좋아."

　손에 든 와인을 빙글빙글 돌리면서 아크가 웃었다.

　그 눈동자는 자국에 봄이 오리라는 것을 굳게 믿고, 의심하지 않았다. 크리스털 파편을 손에 넣었으니 풀페스트는 틀림없이 크게 한 발 전진할 것이다.

　그것은 아주 기분 좋은 압박감이다.

　우리는 곧 풀페스트를 향해 여행길에 오른다. 그리하면 이번에는 풀페스트에서도 더 많은 것을 할 수 있게 되겠지.

　『……아, 크리스다!』

　문득 근처에 크리스가 있다는 사실을 눈치챘다.

　고블린 킹을 퇴치했다고 알려진 크리스는 오늘의 주인공이다. 많은 이에게 둘러싸였는데 아크를 발견하고 이쪽으로 다가왔다.

　"크리스티아노 형님."

　"하스티아크로구나. 저 녀석을 정식 기사로 삼았다면서?"

　예복을 갖춰 입은 크리스는 슬쩍 링에게 시선을 보냈다. 그리고 그의 허리에 있는 쌍검에게도.

　꿀꺽 숨을 삼키면서 혹시 보물에 관해 뭔가 트집을 잡진 않을까 경계했다.

　"네. 링은 무척 우수한 쌍검의 기사니까요."

"나도 쌍검을 사용하니까 언제 한번 대화를 나눠 보고 싶어."

"그날이 꼭 오기를 바랍니다."

──딱히 달리아를 언급하지는 않네?

"크리스티아노 형님은 무도회가 끝나면 귀국하시나요?"

"응. 눈이 내리는 양도 다시 늘어난 것 같으니까 말이야. ……
솔직히 말하면 너도 귀국하라고 하고 싶지만── 내게 그러한
권한은 없으니까."

크리스는 제2왕자이며, 어머니가 정비가 아니다. 따라서 제1
왕자이며 어머니가 정비인 빌프레드 왕자보다 발언권이 약하다.

어쩌면 어머니가 정비인 제2왕녀 줄리에타보다도.

그러한 크리스를 향해 아크는 천천히 고개를 저으면서 "아닙
니다."라고 대답했다.

"저희는 이제 풀페스트로 돌아갑니다."

"뭐……? 넌, 대체 무슨 꿍꿍이가 있는 거지? 지금까지 뭘 한
거야? 빌프레드 왕자는 널 막으려고 하지도 않고. 그 보물 방패
가 어떤 힘이라도 갖고 있다는 거야?"

"……하미아는 자랑스러운 방패니까요."

아크가 살짝 머리를 흔드는 바람에 나도 흔들렸다.

차라랑, 존재를 주장하듯, 귀걸이로 변한 내가 소리를 냈다.

"흥. 내 보물은 쌍검이야. 풀페스트를 위해 잘 어울리지. 네가
가진 방패보다 훨씬."

크리스가 얼굴을 일그러뜨리며 아크에게 폭언을 퍼부었다.

본인의 쌍검은 위대하다고 진심으로 말했다.

『그럼 넌 그 쌍검으로 대체 뭘 이루려는 거지──.』

──!

지금까지 조용히 보고만 있던 달리아가 입을 열었다.

물론, 달리아의 목소리가 크리스에게 닿진 않았다. 그래서 그건 달리아의 혼잣말 같은 걸지도 모른다.

『쌍검은 가장 먼저 모든 것을 개척하기 위한 바람이야.』

"내 보물이라면 어떤 적과 싸우더라도 이길 수 있어. 고블린 킹과 싸울 때는 방심했지만, 제대로 준비하면 문제없이 대처할 수 있지. 나는 이 쌍검으로 풀페스트를 지킬 거야."

달리아의 목소리에 링이, 아크가, 귀를 쫑긋 세웠다.

『방어를 위한 검은 따로 있어. 그 역할조차 이해하지 못하다니. 정말 웃기는군.』

달리아의 말이 내 가슴에 스르륵 사무쳤다.

봄을 부르기 위해서는 각자가 자신의 역할을 이해하고, 달성해야 할 필요가 있구나.

링이 개척한 길을 나와 아크가 반드시 지키고야 말겠어. 아크와 함께라면 분명 괜찮을 거야──.

"걱정 마."

『……!』

"크리스티아노 형님. 굳이 모든 것을 혼자 짊어지려고 하지 않으셔도 됩니다."

아크의 손가락이 나를 만졌다.

나를 안심시키려는 아크의 배려가 기뻤다. 분명 크리스는 자신의 보물에게 그러한 행동을 하지 않았을 것이다.

"무슨 헛소리야. 왕은 모든 것을 혼자 결단해야 해."

"하지만—— 동료는 필요하잖아요?"

"흥. 필요 없어, 그딴 거. 나와 보물인 쌍검 달리아만으로도 충분해."

——달리아만으로 충분.

그 말에 가슴이 찌릿 아팠다.

링의 쌍검을 슬쩍 바라보니 달리아가 무표정으로 쌍검 옆에 있었다.

마치 내 이름을 부르지 말라고 말하는 것처럼——…….

제6장 녹왕의 화관

맑음, 상당히 좋은 날씨다!

오늘은 대국 샤르단을 떠나, 풀페스트로 돌아가는 날. 후훗, 드디어 봄빛을 사용해서 풀페스트를 덮은 무거운 구름을 걷어 낼 수 있다.

기합도 평소보다 훨씬 들어간 상태다.

내 목에는 아크가 선물해 준 붉은 리본. 그리고 작은 가방에는 아크가 준 과자가 들었다.

단, 배가 고프지 않기 때문에 언제 먹어야 할지 타이밍을 찾기 어렵다. 아크가 밥을 먹을 때 얌전히 같이 먹으면 되겠지만, 모처럼 받은 과자이니 잔뜩 먹고 싶다 이거야.

이런 시시한 생각을 했다.

실체화를 ON으로 해놓은 것은 과자를 먹고 싶기 때문이다.

"좋아, 깜박한 물건도 없으니 얼른 샤르단을 떠나 풀페스트로 돌아── 어?"

『어?』

모두가 짐을 챙겼을 그때, 링의 얼굴이 일그러졌다.

무슨 일이냐고 묻자 복도에서 인기척이 느껴진다고 했다. 그

기척이 이 방을 향해 오는 모양인지 링은 피곤하다는 듯 한숨을 내쉬었다.

곧이어 노크 소리가 실내에 울려 퍼지며 방문자가 있음을 알려 주었다.

"귀찮은 건 싫은데. ……링."

"그러게."

아크가 지시를 내려 링이 손님을 상대하러 나갔다.

『왠지 데자뷔가 느껴져. 또 빌프레드 왕자의 사자가 아닐까?』

"하미아도 참. 빌프레드 형님은 이제 내게 용건이 없을 거야."

그러니 그럴 일은 없을 거라며 아크가 웃었다. 뭐, 확실히 같이 차라도 한잔하자☆고 초대할 사람이 아니라는 것쯤은 나도 안다.

아니면 이 여관에서 일하는 사람일지도 모른다. 청소 시간이거나 정산해 달라고 온 걸지도.

"──알겠습니다. 여기까지 찾아와 주셔서 감사합니다."

문득, 손님을 응대하러 나갔던 링의 목소리가 들렸다.

정중한 말투라서 나도 아크도 불길한 예감만이 들었다. 링이 존댓말을 사용하는 것은 왕족인 아크와 관련된 사람을 대할 때 정도이니까.

"생각보다 일찍 왔네."

"그러게."

문을 닫고 링이 실내로 돌아왔다.

보아하니 두 사람은 이 사태를 예상했던 모양이지만, 나는 전혀 감을 잡을 수 없었다. 그래서 의문만이 드는 가운데, 링이 아크에게 편지를 내밀었다.

『무슨 편지야?』

"음, 아마 다과회 초대장일 거야."

『오늘 같은 티 파티 말이지…….』

이 얼마나 우아한 초대장이란 말인가. 아크가 쓴웃음을 지으면서 봉투를 열었다. 금색으로 장식된 봉투는 한눈에 봐도 높은 사람이 보냈다는 걸 알 수 있었다.

──하지만 대체 누구란 말인가?

"샤르단의 제4왕녀, 엘리자베스 공주야."

"역시. 어제 무도회 때도 그랬지만, 유학을 왔을 때도 왕녀는 하스티아크를 마음에 들어 했으니까."

어제 무도회에서 아크와 처음 춤을 추었던 엘리자베스 공주였구나……. 성격이 드세 보이던 공주였다. 그 기세에 아크가 눌릴 것 같던데.

『기가 센 공주던데?』

내가 확인하듯 링에게 묻자, 그렇다며 고개를 끄덕였다.

"그렇지. 모든 것이 자기가 마음먹은 대로 될 거라고 생각하는 대국의 공주야."

링의 설명을 들어 보니 그다지 이미지가 좋은 공주는 아니네. 학교에서는 타국인 풀페스트에 있었기 때문인지 비교적 얌전히 지낸 모양이다.

엘리자베스 마리아 샤르단. 16세. 이곳 샤르단의 제4왕녀. 정비의 딸이라 신분이 높다.

"──그건 그렇고, 모임은 언젠데?"

"티 파티는………… 오늘이라나 봐."

"당장이잖아!"

아크의 대답을 듣고 나도 링도 같이 놀라움을 표현했다.

초대장은 보통 한 달 전이라든가, 늦어도 며칠 전에 보내는 게 상식인데. 이쪽 일정을 전혀 고려하지 않는 태도에 안 좋은 예감만 들었다.

"참고로 파티 시작은 5시간 30분 뒤야. 링, 호위를 부탁할게."

"응."

겨우 돌아갈 준비를 다 마쳤는데 출발은 내일로 연기되었다. 아쉽지만. 상대가 대국의 공주이니 어쩔 수 없다.

아크와 링이 준비하는 동안, 나는 느긋하게 달리아와 잡담을 나누었다.

『그건 그렇고, 혹시 다른 나라에도 보물이 있을까?』

『글쎄, 들은 적은 없어.』

『흠…….』

달리아가 모른다면 폴페스트 특유의 것일지도 모른다.

『이렇게 잘 사는데 보물은 필요 없지 않겠어?』

『하긴 평화로워 보이긴 해.』

현재, 이 대륙 국가는 평화를 유지하는 중이고 전쟁도 없다.

각 나라마다 무력은 있지만, 마물이라는 이질적인 존재가 느닷없이 습격해 올 수도 있으므로 같은 인간끼리 싸울 때가 아니기 때문이다.

역시 평화가 최고라고 생각하고 있을 때, 링이 달리아를 잡아 허리에 찼다.

『?』

"미안해, 방패. 잠시 나갔다 올 거라 달리아 좀 데리고 갈게."

『응? 잘 다녀와.』

나는 서둘러 정신없이 나가는 링을 배웅했다. 어디에 가는 걸까? 전개가 빨라 전혀 따라가질 못하고 있으니 머리를 정돈한 아크가 내 옆으로 와 알려 주었다.

"티 파티에 가져갈 과자를 사러 간 거야."

『아아, 선물!』

그렇구나. 티 파티는 정말 번거로워. 당일에 느닷없이 초대받았는데 선물까지 준비해야 한다니. 성에 사는 왕자라면 또 모를까, 아크는 여행 중이라 마을 여관에 머무는 상황인데 말이다.

게다가 아크는 왕족이니 값싼 선물을 들고 가서는 안 된다. 지금은 링이 센스를 발휘하는 수밖에! 나중에 무엇을 사 왔는지 슬쩍 확인해 봐야지. 후훗.

샤르단의 성은 풀페스트보다 훨씬 크다.

정원에 심어진 형형색색의 꽃들이 성에 오는 사람들을 환영해 주었다. 산뜻한 하늘색을 바탕으로 지은 성은 무척 아름다워서 좋은 인상을 주었다.

나는 트랜스를 사용하여 귀걸이로 변신해 아크의 귀에 대롱대

롱 매달렸다. 링이 검 소지를 허락받아서 달리아의 자리는 링의 허리다.

"――후우. 아슬아슬했어."

"그러게, 위험했어. 늦지 않아 다행이야."

풀페스트로 돌아가기 위해서 말을 사 두길 잘했다고 아크가 말했다. 말을 맡기고 안내받은 응접실에서 안도의 한숨을 내쉬었다.

티 파티 초대장이 도착한 것은 개최 5시간 전. 가벼운 마음으로 가도 되는 곳이면 좋았겠지만 그렇지 않기에 아크도 이런저런 준비를 해야 한다. 머리와 복장을 정돈하고, 선물을 준비하고――.

결정타가 된 것은 머물던 숙소에서 성까지 마차로 30분 이상 걸렸다는 점이다.

『아직 티 파티 시작까지는 시간이 남았는데 미리 도착해 있어야 한다니, 너무 귀찮아.』

"그렇지. 30분 전에 도착하는 게 매너니까."

쓴웃음을 지으면서 아크는 어쩔 수 없다고 말했다.

뭐, 대국의 심기를 건드리는 건 별로 좋지 않지. 외교는 보고만 있어도 피곤해. 일절 싫은 내색을 하지 않는 아크가 존경스럽다.

노크 소리가 울리고, 티 파티가 열리는 회장으로 안내해 줄 메이드가 들어왔다. 밖에서 진행하는 모양인지 우리는 장미가 흐드러지게 핀 귀여운 정원에 초대받았다.

성 부지는 무척 넓었고, 뒤편으로는 산이 보였다. 그곳에서 나오는 용수가 정원으로 흘러서 경치가 수려했다.

아크를 초대한 엘리자베스 공주가 시야에 들어왔다. 바람에 살랑이는 A라인 드레스를 입었다.

"많이 기다리셨죠! 하스티아크 왕자님."

"엘리자베스 공주님, 여전히 아름다우십니다. 오늘은 초대해 주셔서 영광입니다."

아크가 우아하게 인사한 후, 엘리자베스 공주의 손등에 살짝 입맞춤을 했다.

마치 드라마의 한 장면을 보는 느낌이 들었다. 손등에 키스라니, 그런 거 받아본 적 없는데. 아니, 방패니까 당연한 건가?

"어젯밤에는 고마웠어요. 즐거우셨나요?"

"무척이나요."

즐겁게 웃으면서 엘리자베스 공주가 자리를 권했다.

그제야 아크도 자리에 앉았고, 링은 호위 기사 신분으로 뒤쪽에 물러나 있었다.

나는—— 티 파티에서는 대체 어떤 이야기를 나누는지 궁금했기에 흥미진진했다.

"하스티아크 왕자님은 샤르단에 얼마나 계시나요?"

"급히 풀페스트로 돌아가야 할 일정이 생겨서 준비가 되는 대로…… 샤르단을 떠날 듯합니다."

"어머, 그런가요?"

엘리자베스 공주가 말을 건네고, 거기에 아크가 대답하는 형식으로 이야기가 진행되었다. 아크에게 무슨 볼일이라도 있는 줄 알았는데 시시한 잡담만 이어졌다.

샤르단은 어떻게 생각하는지, 좋아하는 음식은 무엇인지, 복잡한 최근의 정무 등.

『여자들은 수다를 정말 좋아해.』

『그러게…….』

그럭저럭 한 시간 정도 잡담이 이어졌을 때—— 따분했던 모양인지 달리아가 내게 말을 걸었다.

엘리자베스 공주는 분명 아크를 좋아한다. 그리 생각하면 너무 무시하는 것도 불쌍하지만…….

『엘리자베스 공주도 결혼 적령기이고, 아크도 멋있으니까 같이 차를 마셔서 기쁜 게 아닐까?』

『너…… 아니. 아무것도 아니야.』

『뭐? ——아, 저기 일 다람쥐가 있어!』

링의 어깨 너머 장미 사이로 복슬복슬한 흰색 다람쥐가 있는 걸 눈치챘다. 이 나라에 많이 서식하는 모양인지 이곳저곳에서 목격할 수 있었다.

『아, 녹왕이다~! 얼른 눈을 녹여 줘~.』

『너무 뻔뻔해!!』

웃으면서 이쪽으로 손을 흔드는 일 다람쥐는 내가 크리스털 파편을 손에 넣은 걸 안다. 그리고 그 힘을 어서 풀페스트에서 사용해 달라고 부탁하는 것이다.

내 말에 아크도 시선을 등 뒤로 이동했다.

"왜 그러시죠……?"

"아아, 죄송합니다. 흰색 다람쥐가 있어서 시선을 빼앗기고 말았습니다."

"그러셨군요. 샤르단에 많이 서식하는 다람쥐입니다."

빙그레 웃으면서 엘리자베스 공주가 말했다.

공주 자신은 이미 익숙하다며, 성에도 흰색 다람쥐가 많이 산다고 말했다. 먹이를 주면 잘 따라서 메이드에게 인기 만점이라고.

그런데 "하지만."이라고 엘리자베스 공주가 말을 이었다.

"본래라면 우리나라가 아닌, 풀페스트에서 살아야 할 다람쥐입니다──."

"──네?"

예상치 못한 우리 나라의 이름을 듣고 아크가 놀라워했다. 하지만 그 반응이 부적절했다는 것을 바로 깨닫고 미소로 얼버무렸다.

"후훗, 저는 샤르단의 공주니까요."

"…………."

역시 대국의 공주다.

순간적으로 아크가 방심한 것을 놓치지 않았다. 온화한 분위기가 흐르던 티 파티의 분위기는 순식간에 달라져 긴장감이 감돌았다.

"어머…… 혹시 자세한 이야기는 모르시는 건가요?"

──이 공주는 아크에게 마음이 있어서 초대한 게 아니었나?

내 안에 의문이 피어났다.

"아쉽게도 저는 제6왕자입니다. 무지한 부분이 많은 나머지 공주님께 불쾌함을 안겨드려 송구스럽기 짝이 없습니다."

"아뇨, 그렇지 않아요."

신분이 낮기 때문에 모르는 게 많다고 아크는 기가 죽은 듯 말했다. 하지만 엘리자베스 공주는 그걸 신경 쓰는 눈치는 아니었다. 즐겁게 웃으면서 들고 있던 쥘부채를 펼쳐 입을 가렸다.

우리가 일 다람쥐를 안 것은 달리아가 가르쳐 주었기 때문이다. 풀페스트에도 일 다람쥐의 자료는 없었다. 어째서 엘리자베스 공주가 그걸 아는 거지? '샤르단의 공주'라는 대답을 해석하자면 대국의 공주라 아는 정보가…… 많다는 뜻인 걸까?

"풀페스트를 드래곤으로부터 지켜낸 영웅 하스티아크 왕자님이시잖아요. 좀 더 당당하게 행동하셔도 돼요."

위험하다, 위험해.

티 파티의 분위기가 점점 식어 가고 있다. 여자란 이렇게나 무서운 생명체였던가! 물론 나도 여자이긴 하지만!!

잠깐 빈틈을 보였을 뿐인데, 그걸 놓치지 않는 저 태도가 무섭다.

"그리 말씀해 주셔서 영광입니다. 하지만 전 아직 미숙합니다."

"겸손하시네요. ──이렇게 해요! 그럼 제가 하스티아크 왕자님의 후원자가 되겠어요."

『……?』

엘리자베스 공주가 꽃과 같은 목소리로 제안했다.

……보아하니 처음부터 이게 목적이었던 듯하다. 대화를 이어나가면서 기회를 엿본 것이다.

"저 흰색 다람쥐는 일 다람쥐라고 합니다. 왕족만이 드나들 수 있는 장소에 자료가 있어요. 거기에는 풀페스트 보물에 관한 자료도 있지요. 그걸 보여드릴게요."

"자료…… 말인가요?"

하지만 이 공주는 분명 대가를 요구할 것이다.

후원자가 되어 주겠다는 말도 왠지 무섭게 느껴졌다.

그리고 그것이 역시나 말도 안 되는 거래라는 사실이 엘리자베스 공주의 입에서 밝혀졌다.

"하스티아크 왕자님. 제 기사가 되어 주세요."

엘리자베스 공주는 환한 미소를 지으면서 아크에게 기사가 되어 달라고 말했다.

설마 그런 말을 할 줄은 몰랐기 때문에 난 놀라고 말았다. 엘리자베스 공주를 뚫어지게 바라보았는데, 그 눈동자는 두말할 것도 없이 진지했다.

──진심으로 하는 말인가?

기사가 되어 달라는 것은 아크와 링과 같은 관계가 된다는 것이다. 링은 존댓말까지는 안 쓰지만, 기사는 기본적으로 주인의 명령에 절대복종해야 한다.

『절대 기사가 되면 안 돼!』

아크가 무슨 말을 하기도 전에 내 입에서 부정적인 말이 튀어나왔다.

이 자리에서 입을 열 수 있는 것은 아크뿐이라서 링과 상담할 수도 없고, 링이 입을 여는 것도 용납되지 않는다.

그렇다면 다른 이에게 목소리가 들리지 않는 내가 있는 힘껏 의사 표시를 하는 수밖에.

아크는 내 목소리에 반응은 안 했지만 제대로 전달되었을 것이다.

아크는 내 일에는 다혈질로 변한다. 보물에 관한 정보가 있다는 말을 들은 마당이라── 아크는 주저하지 않고 자신을 팔아 버릴 수도 있어서 무섭다.

"설마하니 샤르단의 공주께서 저를 기사로 삼길 원하실 줄이야. 저는 보잘것없는 제6 왕자일뿐이니까요."

"어머…… 저는 하스티아크 왕자님을 존경하는걸요?"

"감사합니다."

『아크?! 기사는 되면 안 돼, 절대로!!』

가볍게 웃으면서 인사하는 아크가 어쩐지 무서웠다. 이대로라면 정보와 맞바꾸어서 기사가 되겠다고 말해 버릴 것 같아서.

링도 불안한 눈빛으로── 아니다. 안색 하나 바꾸지 않고, 무표정으로 아크의 뒤에 서 있다. 포커페이스인 거야? 그런 거야?

나만 동요하는 것 같아서 바보 같잖아……!!

"하오나 저는 기사로서 곁에 있어 드릴 수 없습니다."

──앗!!

송구스럽다는 듯 웃으면서 아크가 거절의 뜻을 내비쳤다. 공주는 조용히 듣고 있었지만, 눈가에는 웃음기가 사라졌다.

정말로 존경한다면 자신의 기사가 되어 달라는 말은 하지 않겠지…….

"──제 기사가 못 되시겠다고요?"

"죄송합니다, 엘리자베스 공주님."

엘리자베스 공주의 말에 아크는 분명히 거절의 뜻을 밝혔다. 기사가 될 수 없다고, 권력을 가진 대국의 공주에게 자신의 뜻을 전했다.

설마 거절을 당할 거라고는 생각도 못 했는지, 가만히 아크를 바라보면서 엘리자베스 공주는 천천히 홍차를 마셨다. "아쉽네요."라며 공주가 입을 열었다.

"…………."

티 파티에는 한동안 침묵이 흘렀다.

……우리는 이제부터 풀페스트로 돌아간다.

아크는 설마, 설마, 설마, 샤르단에 있는 풀페스트의 정보를 알아내고 싶은 걸까?

아마도 그럴 거라는 생각에 쓴웃음이 지어졌다. 아크는 나보다 더 내 정보를 원하니까. 분명히 어떻게 하면 정보를 얻을 수 있을지 필사적으로 생각하고 있을 것이다.

——하지만 우리 쪽에서 샤르단에게 내밀 수 있는 카드는 아무것도 없다.

자, 이제 어쩐담. 아크가 그런 표정을 짓고 있을 때, 일 다람쥐가 옆으로 타다닥 다가왔다.

『찍찍찍.』

"나한테 별종 호두를 주는 거야?"

『땅에 심으면 예쁜 하늘색과 분홍색, 두 가지 색 장미가 피어나~.』

다람쥐는 자랑스럽게 별종 호두를 찰싹 찰싹 때리면서 어떤 물건인지 가르쳐 주었다. 이걸 엘리자베스 공주에게 건네고 정보를 얻어 내면 된다고—— 말하는 걸까?

나는 아크에게 일 다람쥐가 해 준 말을 전달했다.

"하스티아크 왕자님?"

별종 호두 쪽으로 시선을 떨구며 생각에 잠긴 아크를 의아한 눈빛으로 바라보는 엘리자베스 공주. 그녀에게는 일 다람쥐가 늘 들고 있는 별종 호두가 특별한 물건으로 보이지 않을 것이다.

"엘리자베스 공주님."

"네."

"공주님께 진귀한 장미를 선물로 드리고 싶습니다."

아크의 말을 듣고 엘리자베스 공주는 눈을 깜박였다.

"제게 장미를요?"

대국의 공주인 나에게? 그렇게 말한 느낌이 들었다. 확실히 이 장미 정원은 훌륭하고, 다양한 종류의 장미가 피어 있다.

눈으로 뒤덮인 소국의 장미 따위, 원치 않을지도 모른다.

하지만 아크는 씨익 미소를 지으면서 긍정의 뜻을 나타냈다.

"……받으시면 분명 깜짝 놀라실 겁니다. 어찌하시겠습니까?"

"……하스티아크 왕자님이 주시는 선물을 제가 거절할 리 없지요. 감사히 받겠습니다."

엘리자베스 공주의 말을 듣고 아크는 고개를 끄덕였다.

"그럼 최고의 장미를 샤르단의 공주님께……."

"!"

아크는 엘리자베스 공주 앞에 무릎을 꿇고는 '샤르단의 공주'라고 말했다. 이건 분명 엘리자베스 공주에게 바친다는 의미가 아니라, 마음에 들면 풀페스트의 정보를 달라는 의미가 내포되어 있다.

뭐, 엘리자베스 공주도 그건 알 테지만.

"기대할게요."

"네."

아크가 땅을 조금 파서 그곳에 별종 호두를 묻었다.

엘리자베스 공주는 아크가 대체 무엇을 하려는지 몰라 고개를 갸웃거리며 아크를 바라보았다. 별종 호두에 이러한 기능이 있을 거라고는 꿈에도 생각하지 못했을 테니까.

『호두를 심었이.』

"……! 일 다람쥐들이 하스티아크 왕자가 심은 별종 호두로 몰려들잖아……?"

장미가 피기까지 대체 얼마만큼의 시간이 걸릴까. 그렇게 생각하는데 갑자기 일 다람쥐들이 우르르 몰려오더니 순식간에 땅에서 싹이 움텄다.

『오오, 굉장하네……』

『일 다람쥐의 역할은 풀페스트의 식물 관리이니까. 이 정도 부탁은 식은 죽 먹기지.』

『그렇구나…….』

귀여운 다람쥐인 줄로만 알았는데 알고 보니 굉장한 능력을 가졌구나.

세계 각지에 흩어져 별종 호두에 식물의 씨앗을 넣어 풀페스트로 돌아온다. 잘 생각해 보면 반칙 같은 기술이네.

땅에서 솟아난 싹은 쑤욱 뻗어나, 꽃봉오리를 맺고—— 보란 듯이 천천히, 또 조용히 꽃을 피웠다.

그것은 일 다람쥐가 말한 분홍색과 하늘색 장미였다.

『굉장해……. 이렇게 아름답고 귀여운 장미는 처음 봤어.』

별종 호두에서 피어난 장미를 보면서 가슴의 두근거림을 느꼈다. 그것은 아크도 마찬가지였는지 얼굴이 살짝 붉어졌다.

"세상에, 이런 장미는…… 처음 봤어요."

엘리자베스 공주가 손을 뻗어 두 가지 색 장미 꽃잎에 손끝을 살짝 갖다 댔다.

역시 대국에서도 본 적이 없으리라. 엘리자베스 공주가 숨을 죽이고 찬찬히 장미를 들여다보았다.

"이렇게 멋진 장미를 받았으니 기사가 되어 달란 말은…… 못 하겠네요."

엘리자베스 공주는 일어서서 메이드에게 장미를 돌보라고 지시했다. 절대 말라 죽지 않도록 세심한 주의를 기울이라고 말하는 모습이 조금 귀엽다.

그리고 아크를 향해 돌아서서 "가시죠."라고 말했다.

"링."

"알겠어."

『어? 엉?』

아크가 귀걸이 모습을 한 나를 귀에서 빼내어 링에게 건넸다. 아크는 엘리자베스 공주와 함께 가야 하기 때문에 나를 떼어 놓은 것이다.

──어째서 난 같이 가면 안 되는 거야?!

아크와 엘리자베스 공주가 가 버리고 나와 링, 달리아가 정원에 남겨졌다. 기사인 링은 메이드에게 대기실로 안내받았다.

푹신푹신한 소파, 테이블에는 맛있어 보이는 과자와 홍차. 무슨 일이 있으면 곧바로 메이드를 부를 수 있도록 벨도 있었다.

왕족 정식 기사가 되면 대우도 눈에 띄게 달라진다.

『…………으으윽.』

"토라질 거 없어, 방패."

"토라지는 게 당연하지!! 장미를 준 보답으로 풀페스트의 정보를 받으러 간 거지? 그럼 내가 함께 있어도 괜찮잖아."

엘리자베스 공주와 둘이서만 가지 않아도 되잖아! 흥!

『이렇게 된 이상, 왕창 먹어 주겠어~!』

나는 실체화를 ON으로 바꾸어 마련된 마카롱을 입으로 쑤셔 넣었다.

『으으~ 이거 너무 맛있어~!』

"……못 말려."

어이없어하는 링의 목소리가 들렸지만, 맛있는 걸 어떡해. 이 마카롱 둘이 먹다 하나가 죽어도 모를 만큼 맛있다.

"하스티아크도 널 데려가고 싶지 않았던 건 아니야."

『뭐?』

"상대는 샤르단의 공주야. 누가 봐도 하스티아크가 훨씬 신분이 낮아. 공주에게 저자세를 취하는 모습을 네게 보이기 싫은 게 아닐까?"

『………….』

아크가 그런 생각을 했단 말이야?

나한테 체면을 구기는 모습을 보이기 싫어서? 그러고 보니 아크는 나와 의사소통이 가능한 뒤로 여러모로 신경을 써 주었다.

──그건 은근히 기쁘다.

"너, 다이어트한다면서?"

『앗!』

완전히 잊고 있었다.

내 체중이 과연 어떻게 변했는지 궁금해서 시스템 메뉴를 통해 확인하니, 반동이 사라졌는지 중량 증가 항목이 사라져 있었다.

『괜찮아, 원래 체중으로 돌아왔으니까!!』

이제 원하는 만큼 먹을 수 있어!라고는 할 수 없지만, 일단은 안심이다. 무거운 귀걸이를 귀에 달아야 하는 상태…… 아크의 귀가 내 무게 때문에 떨어져 나가기라도 하면 큰일이니까.

"……."

여전히 마카롱을 오물오물 먹는데, 링의 시선이 느껴졌다. 뭐야? 하고 싶은 말이라도 있는 건가?

『나도 그렇게 살찌진 않았거든?』

"너도 참 뒤끝 있다."

『쳇.』

홍차를 한 모금 마신 링이 포기했다는 듯 말했다.

뭐, 확실히 나는 투덜거리면서 질질 끄는 성격일지도 모른다. 아니다, 아크와 링이 너무 단호하게 맺고 끊는 걸지도.

──아니지. 내가 너무 편히 살아와서 그런 걸지도 모르겠다.

일본이라는 나라에서 살았던 기억은 무척이나 평화롭다. 그에 비해 이 나라는 상당히 가혹하다. 태어나자마자 눈으로 뒤덮인 환경에서, 두 사람은 결코 편하지 않은 인생을 살고 있으니까.

"방패……, 넌 어떻게 되고 싶은 거야?"

『뭐?』

"실체화를 사용해서 인간의 모습이 되었잖아. 조만간 완전히 인간이 되는 거 아니야?"

문득 날아든 링의 질문.

하지만 그 눈동자는 가벼운 말과는 정반대로 진지함을 띠고 있었다.

『분명 인간이 되면 좋겠지. 아크가 들고 다녀야 하는 수고도 줄거고 두 사람과 같은 시선에서 상황을 살필 수 있어.』

하지만 나는 명명백백한 방패다.

원래는 인간이었는데도 나는 '인간'이라는 카테고리에 집착하지 않는 모양이다. 아크의 옆에, 파트너의 자리를 지키는 게 최고라고 생각하니까.

외형 따위는 중요하지 않다.

솔직한 심정을 털어놓자 링은 "고생 꽤나 하겠네."라고 중얼거렸다.

『뭐? 어째서?』

"아무것도 아니야, 하스티아크 이야기야."

『점점 더 모르겠는데?』

아크와 링은 가끔 내가 이해할 수 없는 말로 의사소통을 한다. 그것이 조금, 아니, 매우 부럽다. 대체 그게 뭐지?

——나도 아크의 생각을 예측하고 싶은데!!

두 시간쯤 지나, 메이드가 링을 부르러 왔다.

"…………끝났다나 봐. 하스티아크를 데리고 풀페스트로 돌아가자."

링이 마카롱이 담긴 텅 빈 접시를 힐끔 바라보았다. 후훗, 메이드는 링이 전부 먹었다고 생각하겠지? 그럼 됐어.

안내받은 응접실로 가자, 아크와 엘리자베스 공주가 소파에 나란히 앉아 있었다.

아크의 무릎에 책이 놓인 걸 보니 거기에 분명, 아크가 원했던 정보가 실렸으리라.

아크는 링의 어깨에 앉은 나를 보고 눈을 크게 떴다. 조금 토라진 표정으로 소파에서 일어나서 곧장 링에게 귀걸이를 받고는 링의 어깨에 앉은 나를 본인의 어깨로 옮겼다.

"링, 오래 기다리게 해서 미안해."

"상관없어."

링은 딱히 개의치 않는다는 듯 대답했다.

"하스티아크 왕자님은 그 귀걸이가 소중하신가 봐요."

"네. 제 보물입니다."

나를 귀에 달면서 부끄러워하지도 않고, 엘리자베스 공주의 질문에 미소로 대답했다. 그 얼굴은 무척이나 기뻐 보여서 듣고 있는 내가 민망했다.

"오늘 초대해 주셔서 감사합니다. 엘리자베스 공주님. 저는 지금부터 풀페스트로 돌아가지만, 기회가 되신다면 부디 찾아와 주십시오."

"네. 감사합니다. 다음번 만남을 기대하겠습니다."

끝으로 형식적인 인사를 나누고 엘리자베스 공주와 헤어졌다.

성에서 말을 타고 숙소로 돌아가던 도중에 아크가 뒤에서 따라오는 링에게 소리쳤다.

"링, 잠시 들르고 싶은 곳이 있으니 먼저 숙소로 돌아가!"

"뭐?! 기사도 같이 가야지 무슨 소리야. 너 바보냐!!"

"괜찮아, 잠시 들르는 거니까. 하미아도 같이 있잖아, 응?"

"…………."

아크가 부탁하자 링이 수긍했다.

언제나 링이 곁에 있어도 신경 쓰지 않았는데, 대체 무슨 일일까. 따로 행동하고 싶다고 먼저 이야기를 꺼내다니, 별일이다.

"나 원 참……."

링이 능숙하게 말에 오르면서 팔짱을 꼈다. 그러더니 생각에 잠긴 듯한 목소리로 말하며 하늘을 올려다본다.

보내줘도 상관없지만 호위 기사도 없이 보내고 싶지는 않다. 그런 생각이 대놓고 말에 묻어나와서 나도 모르게 웃음이 나왔다.

"이봐, 방패. 네가 원인이야."

『뭐? 나?!』

즉, 나한테 볼일이 있다는 거야? 그런 생각을 하고 있을 때, 아크가 이대로는 끝이 안 나겠다 싶었는지 "미안."이라고 말하며 숙소로 돌아가는 길에서 벗어났다.

뒤에서 링의 "빨리 돌아와야 해."라는 목소리가 들려서 자유행동을 허락받았음을 알 수 있었다.

내가 링의 몫까지 아크를 지켜야 한다! 그렇게 기합을 넣긴 했는데, 대체 어디로 가는 걸까?

◇　◇　◇

아크가 말을 달려 도착한 곳은 마을에서 10분 정도 떨어진 약간 높은 언덕이었다.

사방이 형형색색의 꽃으로 뒤덮여서, 풀페스트에서는 보기 힘든 광경이라는 생각이 들었다.

──그나저나 여긴 왜 온 거지?

나한테 무슨 할 이야기가 있는 것 같긴 한데. 말을 나무에 매는 아크를 보면서 대체 무슨 일일까 생각했다.

아.

어쩌면, 어쩌면, 어쩌면. 엘리자베스 공주 일일지도 모른다. 분명 손에 넣은 정보를 공유하려는 거라고 생각했는데── 아, 그런데 그런 건 링이 있어도 상관없잖아?

『아크, 이런 곳에 오다니, 대체 무슨 일이야?』

"하미아와 이야기를 하고 싶어서. 풀페스트를 떠난 뒤로 단둘이 차분히 대화를 나눌 시간이 없었잖아?"

『아…….』

그러고 보니 그랬다.

최근에는 늘 링과 함께 있으니 둘만의 시간은 거의 사라져 버렸다. 풀페스트에서는 학교에 있는 시간 이외엔 늘 단둘이 있었으니까.

"링에게는 미안하지만 말이야."

쓴웃음을 짓고 했지만 아크는 어딘지 모르게 만족스러운 듯
보였다.

"이 꽃밭 굉장하지 않아? 엘리자베스 공주가 가르쳐 줬어. 예
전에—— 풀페스트의 꽃밭을 본 샤르단 왕이 만든 장소……라
고."

『!』

아크의 말을 듣고 나는 다시금 꽃밭을 바라보았다.

의식해서 보니 아까는 눈치채지 못했던 경치가 내 안에 펼쳐
졌다. 꽃에 다가가는 나비, 무당벌레, 숨어서 낮잠을 자는 일 다
람쥐.

꽃의 종류도 다양하고 처음 보는 꽃도 많다. 자그마한 장미가
있는가 하면 코스모스처럼 생긴 꽃도 있다.

『이게 예전 풀페스트에 있었던 꽃밭이야?』

"응. 이미 100년은 훌쩍 지난 옛날이지만. 내가 태어나기 훨~
씬 전의 모습이지. 샤르단을 떠나기 전에 하미아와 함께 눈에 새
겨 두고 싶었어."

『아크…….』

봄을 찾으러 여행을 떠나자.

풀페스트에, 봄을 부르자.

그리 간절히 바랐는데 막상 꽃밭을 보니…… 다리가 후들댔다.

꽃들이 내 어깨를 묵직하게 짓누른다.

"괜찮아, 하미아."

혼자가 아니라고 아크가 나를 향해 미소 지었다.

『응. 맞아. 아크가 있어. 게다가 링도 있고.』

우리에게 불가능은 없다고 스스로를 되뇌었다.

『아, 참.』

나는 실체화를 ON으로 바꾸어 꽃밭에 내려섰다. 땅에는 폭신폭신한 풀이 자라서 기분 좋은 풀 내음을 풍겼다.

웃차, 기지개를 켜고 나는 꽃에 손을 뻗었다.

"하미아?"

아크가 뭐 하는 거야? 라고 내게 물었지만, 아직은 비밀이다. 나는 고개를 저으며 잠시 기다리라고 말하며 웃었다.

──색은 무슨 색이 좋을까.

단색으로 통일하는 것도 좋지만, 다양한 빛깔도 무시하기 어려운 선택지다. 끄응, 한 차례 고민한 후, 나는 다채로움을 선택하기로 했다.

아크에게 화관을 만들어 줄 생각이다.

풀페스트의 국왕이 되는 것은 필시 빌프레드일 것이다. 하지만 내 왕자님은 틀림없이 아크니까.

"와아, 하미아, 솜씨가 정말 좋네. 꽃으로 이런 것도 만들 수 있구나."

아크에게 칭찬받았다! 후훗.

『완성할 때까지 조금만 기다려.』

"응."

말은 그렇게 했지만 아크가 내 손끝을 바라보고 있어서 잘 만들기가 어렵다. 하지만 기뻐하는 표정을 보니 쳐다보지 말라는 말도 못 하겠다.

──난 아크의 미소에 약하니까.

꽃을 하나 엮고 또 하나를 엮는다. 몸집이 작아서 쉽진 않지만, 어찌어찌 반복하면서 화관을 완성했다.

화관에 사용한 꽃은 포인트가 되도록 열심히 찾은 자그마한 장미. 그리고 토끼풀과 비슷한 흰색 꽃을 전체적으로 엮고 최대한 많은 종류의 꽃을 집어넣어 알록달록하게 만들었다. 음. 내가 만들었지만 잘 만들었네. 만족스럽게 완성됐어.

"완성된 거야?"

『응. 아크, 머리를 내밀어 봐! 내가 씌워 줄게!!』

"……응."

자기에게 줄 거라고는 생각 못 했는지 "나한테 주는 거야?"라고 놀라며 말했지만…… 이내 대답하더니 꽃이 활짝 피는 듯한 미소를 지어 주었다.

수줍게 고개를 숙이는 아크의 머리에 나는 완성한 화관을 얹어 주었다.

──이것은 내가 선사하는, 통치자에게 주는 왕관이야.

『아주 잘 어울려, 아크.』

색이 옅은 아크의 금발에 알록달록한 화관. 단숨에 화려해진 아크가 역시 왕에 걸맞는다고 생각했다.

"있잖아, 하미아. 나한테도 만드는 법을 가르쳐 줄래?"

『응? 물론이지, 좋아!』

나는 한 번 더 꽃을 꺾어 이번에는 아크와 함께 화관을 만들었다. 잔뜩 꺾은 꽃을 천천히 엮어 가면 되는데, 아크는 잘되지 않는 모양인지 고전했다.

뭐든 잘하는데 별일이네.

"어렵다, 이거……."

고개를 갸웃거리면서 내가 알려 준 대로 엮기는 했지만 흐물흐물, 듬성듬성해서 예쁜 모양의 왕관은 아니었다.

지기 싫어하는 성격에 불이 붙어, 실패하면 한 번 더……를 반복했다. 하지만 아크는 여전히 깔끔하게 만들지 못했다.

——어쩐지 옛날로 돌아간 것 같다.

아크도 지금은 다 컸지만 한때는 울보인 꼬마였다. 나는 아크가 여섯 살 꼬마 때부터 쭉 함께였다. 이제는 다정하면서도 강하게 성장했다.

늘 내가 보호했던 터라 아크가 성장한 건 정말 기쁘지만——조금은 쓸쓸했다.

『후훗…….』

"하미아?"

나도 모르게 웃자, 아크가 깜짝 놀라면서 나를 바라보았다. 웃은 것을 곧바로 사과하고 잠시 옛날 생각을 했다고 말했다.

『아크가 지금은 뭐든 어렵지 않게 해내잖아. 옛날에는 공부도 매일 매일 열심히 해야 했는데.』

"나도 성장했거든. 뭐든 하미아에게 의지할 수는…… 없잖아."

토라진 것처럼 얼굴을 돌린 아크의 볼이 살짝 발그레하다. 부

끄러워하고 있어! 귀여워!!

——이 귀여움이야말로 아크다.

옛날과 똑같은 모습도 있어서 나는 왠지 모르게 안도했다.

"이것도 금방 잘 할 수 있을 거야."

볼을 빵빵하게 부풀린 채, 아크가 꽃으로 손을 뻗었다. 또다시 처음부터 엮기 시작했지만, 역시 어딘지 모르게 일그러지고 흐물흐물했다.

"……이상하다."

"금방 손에 익을 줄 알았는데……."라고 말하는 아크의 눈썹이 추욱 쳐졌다.

이윽고 정신을 차리니 해가 완전히 저물어서 주변이 어두웠다.

아크는 아직도 실력이 늘지 않는 화관 만들기에 정신이 팔렸다 ——. 하지만 슬슬 돌아가지 않으면 링이 찾지 않을까.

링은 겉보기와 달리 남을 돌보길 좋아하고 걱정이 많은 성격이니까.

『아크, 슬슬 가야지? 링과 달리아가 걱정하겠어.』

"어, 뭐야? 앗, 정말 깜깜하네."

아주 집중했던 모양이다. 아크는 주변이 깜깜한 것을 보고 놀랐다. 나도 아크가 화관 만들기에 이토록 집중할 줄은 몰랐던 터라 의외였다.

아크의 옆에 수북이 쌓인 것은 흐물흐물한 화관. 그것이 저절로 엄마 미소를 불러일으키는 바람에 웃고 말았다.

아크는 만족스럽지 못한 모양인지 "하아." 하고 크게 한숨을 내쉬고는 꽃밭에 드러누웠다.

"……별이 너무 예뻐."

『아, 정말이네.』

밤하늘을 올려다보는 일은 지금까지 없었다. 언제나 눈이 내렸고, 춥고, 어둡고, 무엇보다 흐렸으니까.

나도 아크 옆에 누워 잠시 동안 둘이서 별이 쏟아지는 하늘을 바라보았다.

"하미아."

『응?』

"예쁜 화관을 만들면 선물할 테니까 조금만 더 기다려 줘……."

나에게 선물할 생각이었던 거구나……. 언제나 받기만 해서 미안하다고 생각하면서도 아크의 그 마음이 조금 기뻤다.

『응. 기대할게!』

하지만 아크는 손재주가 없다는 걸 알아 버렸으니 과연 그런 미래가 오기는 올까── 싶어서 조금 걱정이 되었다. 혹시 밤새서 화관 만들기를 연습할지 모르니 못하도록 감시해야겠다.

아크는 잠을 줄여 가며 몰두하는 경향이 있어서 걱정이다.

그러니 내가 파트너로서 제대로 보필해야만 한다.

제7장 싹트는 봄과 작은 손

우리가 말을 타고 곧장 풀페스트를 향해, 국경인 봄과 겨울의 경계에 도착했을 무렵에는 수십 일이 지나 있었다.

샤르단에서 노크타티를 지나, 지금은 풀페스트가 코앞에 있다. 역시 두 나라를 거쳐 오다 보니 시간이 꽤 걸렸다.

하지만 예기치 못한 문제가 발생했다.

"이 눈밭을 말이 달릴 수 있을까……."

"그러게……."

깜박했다며 링이 중얼거렸고 아크도 동의했다.

다소라면 말도 문제없이 달리겠지만 이건 뭐, 눈의 양이 어마어마하니까. 풀페스트에는 아크의 허리까지 눈이 쌓이기 때문에 말이 눈에 빠질지도 모른다.

『내가 우산으로 변신할까?』

그러면 눈을 녹여 길을 만들면서 앞으로 나아갈 수 있는데. 남들이 보면 수상한 길로 보일지도 모르겠지만…….

아크에게 묻자 천천히 고개를 흔들었다.

"아니야. 말은 노크타티에 두고 가자. 풀페스트로 들어가면 갑자기 기온이 내려가니까 몸에 좋지 않을 거야."

『아, 그렇겠다…….』

따뜻한 곳에서 지내다가 갑자기 극한의 땅으로 들어가면 말도 상당히 난처하겠지. 그 증거로 말도 눈을 보고는 살짝 떨고 있다.

우리는 말을 맡아 줄 목장을 찾아 다시 마을 쪽으로 되돌아갔다. 목장이라면 광대한 부지가 필요하니 운이 좋으면 도중에 발견할 것이다.

다행히 얼마 안 가 목장을 찾아서 우리는 말을 맡기고 도보로 이동을 개시했다.

"우왓, 역시 춥네……."

"그러게……."

풀페스트로 들어가자마자 얼어붙는 듯한 겨울 추위가 덮쳤다.

하지만 실제로 걷는 것은 아크와 링. 둘뿐이다. 나는 방해되지 않도록 귀걸이로 변신했고, 달리아는 여유롭게 날아서 피곤하지 않아 보였다.

——왠지 모르게 둘에게 미안한 마음이 든다.

매번 겪는 일이지만 오랜만에 설국에 와서 그런지 한층 더 춥게 느껴지는 것 같다.

"하미아, 괜찮아?"

『아, 응!』

"방패라서 추위를 못 느낀다니까 그러네……."

늘 그랬듯이 아크가 나를 걱정해 주었고, 또 늘 그랬듯이 링이 딴지를 걸었다.

나는 방패라서 추위를 느끼지 않는다. 그런데도 아크는 언제나 나를 신경 쓰며 걱정해 준다. 정말 착하다.

문득 아크가 나무에 쌓인 눈을 슬쩍 만졌다.

"엄청 차가운 눈이지만, 어쩐지 매우 그립게 느껴져서 신기해."

"아, 맞아. 하지만 성으로 돌아가면 구름을 걷어 버릴 거잖아? 구체적인 방법이랑 타이밍은 어떻게 할지도 정할 거지?"

지금 풀페스트 말고 다른 곳에는 눈이 내리지 않는다. 어쩌면 사계절이 있을지도 모은다. 하지만 지금 그것을 알 방법은 없다.

그런데 사용할 타이밍이라…… 그런 건 생각해 보지도 못했다.

"사실―― 샤르단의 엘리자베스 공주에게 얻은 정보를 바탕으로 시험해 보고 싶은 게 있어."

『?』

"뭔데?"

아크가 나와 링을 두고 샤르단 공주에게 갔던 일은 아직도 생생히 기억한다.

아주 먼 옛날의 풀페스트에는 아름다운 꽃밭이 있었다고 들었는데…… 그거 말고 다른 정보도 갖고 있어?

"걸으면서 할 이야기는 아니니까 성으로 돌아가면 말해 줄게."

"알겠어."

보물이나 봄에 관한 이야기를 누군가가 엿듣는 상황은―― 가능하면 피하는 게 좋으니까. 나도 링과 똑같이 고개를 끄덕였다.

"마을에 도착하면 성에 가기 전에 고아원에 들르고 싶어."

"고아원에? 그래, 애들도 좋아하겠네."

아크는 눈을 헤치면서 기분 좋게 말했다. 모두에게 봄을 보여 주고 싶다고, 아크도 링도 바라고 있다.

좋은 것은 다 함께 나누자……라는 마음은 나도 너무나 잘 안다. 그래서 나도 바로 찬성했다. 이렇게 우리는 고아원으로 향하자고 이야기가 마무리 되었다.

『여기서부터 풀페스트까지는 앞으로 며칠만 있으면 도착해. 기대된다. 분명, 모두 기뻐할 거야.』

"응."

아이들의 놀란 얼굴이 눈에 선했다. 실체화하면 틀림없이 다들 폴짝폴짝 뛰겠—— 어라?

"링 형!!"

"네가 여길 어떻게……?"

우리가 걷는 길옆으로 펼쳐진 숲에서 한 남자아이가 우리를 발견하곤 링의 이름을 부르며 뛰어왔다.

고아원 아이 같은데, 어째서 마을에서 멀리 떨어진 숲에 있는 걸까. 주변에 어른은 안 보이고 이 아이 혼자뿐이었다.

"흐, 흐으…… 으아아아아앙."

"왜, 왜 그러는데?"

느닷없이 울음을 터뜨리는 바람에 링은 아이를 달래듯 등을 쓰다듬어 주었다. 남자니까 쉽게 눈물을 흘리면 안 된다고 말하면서도 응석을 받아주는 것이 링이다.

진정시킨 후에 얘기를 들어보니, 고아원에 있는 여자아이가 감기에 걸렸는데 귀한 약초가 있어야만 나을 수 있다는 진단을 받은 모양이다.

"전에 오늘 밤이 고비라고 말했었어. 그래서 약초를 찾으러 온 거야."

『이런 곳까지 혼자서…….』

아크의 목숨이 위태롭다면 나도 분명 이 아이처럼 행동하겠지. 그래서 그 마음은 너무나 잘 와 닿았다.

그러니 우리가 해야 할 일은 단 하나.

"어떤 약초가 필요한지는 알아?"

"루피나 풀이라고 했어."

"하필이면……."

남자아이의 대답을 듣고 링은 혀를 찼다.

──손에 넣기 어려운 약초인가 보다.

그건 링의 표정을 보면 금방 알 수 있었다. 링은 평소에 약초 채집을 정기적으로 했던 터라 약초의 종류와 자생지 정보에도 빠삭할 것이다.

고민에 빠진 링 대신, 아크가 간단히 설명해 주었다.

"루피나 풀은 차가운 눈 속에서만 자라는 희귀한 약초……라고 자료에서 읽은 적이 있어. 단, 희귀한 약초라서 그 이상은 나도 잘 몰라."

눈 속에서 자라는 약초……!

그렇게 특수한 식물이 있단 말인가……. 아크와 약초 채집을 한 적은 있지만, 채집한 건 어떤 기후에서도 잘 자라는 아주 평범한 약초뿐이었다.

박학다식한 아크도 잘 모르는 걸 보면 안 좋은 상황임이 분명하다. 무사히 찾을 수 있을지 불안이 엄습해 온다. 하지만 내 불안감을 링이 깨뜨렸다.

"루피나 풀, 풀페스트의 축복을 받아 피어나는 고결한 꽃."

『링, 그 풀을 알아?!』

내가 놀라며 소리치자, 링은 말없이 고개를 끄덕이며 말을 이었다.

"예전에 스승님께 들은 적이 있어. 루피나 풀은 눈이 아니라 풀 페스트의 가호를 받아 피는 꽃이라고. 이 나라라면 장소를 불문하고 피어 있을 거야."

링의 말을 듣고 나는 숨이 멎었다.

눈에서 피는 꽃이 아닌, 풀페스트의 가호로 피는 꽃. 즉, 그것은 나와, 보물과 관련된 게 아닐까 싶어서.

──희귀하고 수가 적은 건 내가 그 힘을 발휘하지 못해서인가?

"하미아."

무슨 생각을 하는지 꿰뚫어 보기라도 하는 듯, 아크가 내 이름을 불렀다.

"딱히 방패 탓은 아니야."

이어서 링도 편을 들어 주었다.

……나, 그렇게 감정을 그대로 드러내는 성격인가? 하지만 지금은 실체화가 OFF 상태라서 얼굴은 안 보인다. 포커페이스라든가 그런 차원의 문제는 더더욱 아니다.

『두 사람에게는 못 당하겠어.』

"후훗, 난 하미아의 파트너니까."

당연하다고 아크가 말했다.

"젠장, 일단 약초부터 찾자. 하지만 숲속은 위험하니까 넌 근처에서 기다려."

"뭐어?! 싫어, 나도 형들과 같이 찾으러 갈래!"

"바보. 네가 있으면 거추장스러워서 효율이 떨어져. 그 아이를 구하고 싶으면 지금은 얌전히 기다려."

"…………."

링이 단호히 말했다.

애한테 그렇게 말하는 건 너무하다고 생각했지만, 링의 말이 옳다. 게다가 눈이 내리니 더 위험하다. 마물도 출몰하기 때문에 우리가 지킨다는 보장도 없다.

──게다가 무슨 일이 생기면 분명 링은 아크를 우선할 것이다.

그것을 알기 때문에 마음을 독하게 먹고 매몰차게 말한 것이다.

"……알겠어."

"옳지. 착하다."

아이는 눈에 눈물을 글썽이면서도 순순히 링의 말을 따랐다. 지금 중요한 것은 응석을 받아 달라고 떼를 쓰는 게 아니라 약초를 찾는 일임을 잘 아는 것이다.

아이를 근처 마을에 데려다준 후, 우리는 약초를 찾으러 나섰다.

후우, 후우!

오랜만에 내가 나설 차례군!!

숲에 가자마자 트랜스를 사용해서 눈을 녹이는 우산으로 변신했다. 아크는 쓴웃음을 지으면서도 우산으로 눈을 녹였다.

"하지만 숲이 워낙 넓어서……."

나를 보면서 링이 힘들 거라며 중얼거렸다.

……그러게 말이다. 눈을 녹이는 건 우산이 닿는 범위뿐이다.

희귀한 루피나 풀을 그리 쉽게 찾을 것 같진 않다.

예전에 링이 가르쳐 준 대로 약초가 자라기 쉬운 나무뿌리를 중점적으로 녹이고는 있지만── 가끔 평범한 약초가 불쑥 얼굴을 내밀 뿐이었다.

──천천히 찾아보면 좋겠지만 지금은 시간이 한정적이야.

"……이렇겠어."

『아크?』

"나무의 마력 흐름을 읽으려는데 좀처럼 안 되네……. 애초에 나무 자체에 마력이 적어. 그래서 약초가 자라기 힘든 것 같아."

그렇구나.

원인은 마력 부족. 약초는 마력을 흡수해서 성장하므로 마력이 적으면 자랄 수 없다. 으으윽.

『하지만 어떻게든 약초를 찾아내지 않으면 아이가…….』

"응. 그러니 반드시 찾고 싶어."

내가 비명 비슷한 소리를 지르자 아크가 고개를 끄덕였다.

펄펄 내리는 눈이 눈보라가 아니라서 천만다행이다.

두 사람은 말없이 루피나 풀을 찾았다. 정신을 차려 보니 몇 시간이나 흐른 뒤였고 주변은 완전히 어두웠다.

──큰일이다.

곧 타임 리미트가 다가온다. 하지만 한순간도 쉬지 않고 루피나 풀을 찾는 두 사람에게 내가 무슨 말을 할 수 있겠어.

분명 아크는 나보다 훨씬 초조해할 게 틀림없다. 링도 고아원의 아이가 걱정되어 애가 탈 것이다.

──루피나 풀을 찾을 방법이 없을까?

"이 눈만 없었어도 훨씬 찾기 수월했을 텐데."

초조함을 머금은 링의 목소리가 귀에 닿았다.

이 나라에서는 어디에나 피는 모양이지만, 전혀 찾을 수가 없었다. 수가 적은 건 어쩔 수 없지만, 꽃이 필 만한 장소라도 알 수 있다면 좋을 텐데.

『어떻게 하면 루피나 풀의──……』

"하미아?"

어떻게 하면 좋을지 생각하다가 문득 한 가지 방법이 떠올랐다.

크리스털 파편을 손에 넣어서 사용할 수 있게 된, 봄빛. 만약 지금 이곳에서 사용하면 과연 어떻게 될까.

다행히 발동에 필요한 10만 포인트는 보유하고 있다.

『아크.』

"응?"

『나, 봄빛을 써 볼까 하는데 어때……?』

아크와 링에게 물었다.

"아……! 풀페스트를 수호하는 빛?"

"확실히 잘 풀릴 가능성은 있지만── 리스크도 크잖아."

"응. 맞아. 아무런 준비도 없이 사용하는 건 리스크가 커."

아크의 말에 나는 동의할 수밖에 없었다.

눈이 내려 태양이 얼굴을 내비치지 않는 이 나라에서 무모하게 빛을 발하는 건 좋지 않다. 큰 문제가 되면 기사들이 달려올 테고 민폐를 끼치게 될 것이다.

하지만.

이대로 있다간 아이가 죽고 만다.

내가 시스템 기능을 사용하면 살릴 지도 모르는 생명이다.

왕족인 아크 입장에서 나라가 혼란에 빠질 수도 있음을 생각하면—— 내 기능을 안 사용하는 쪽을 택하는 것이 옳을지 모른다.

그럼에도 나는—— 아크가 그 누구의 목숨도 포기하지 않는 사람이길 바란다.

그래서 난, 멋대로 봄빛을 사용하기로 했다.

그렇게 말하려던 찰나, 내 말은 아크에게 가로막히고 말았다.

"사용해, 하미아."

『아——…….』

아크를 바라보니 눈을 감고 있다.

긴 속눈썹이 사르륵 떨렸다. 그것을 눈치챈 것은 분명 나뿐이리라. 아아, 아크는 왜 이렇게…… 모든 걸 혼자 짊어지려는 걸까.

천천히 열린 아름다운 녹색 눈동자에는 강인함이 깃들어 있다.

『아크! 괜찮아? 무슨 일이 생길지 모르고, 풀페스트 기사가 달려올지도 모르는데?』

한 번도 사용해 본 적이 없으니 어떤 효과가 있는지 아직 확실치 않은데.

"응. 하지만 포기한다는 선택지는 없잖아?"

아아.

아크가 내 주인이라 정말 다행이다.

나는 내리는 눈에 지지 않도록 목소리를 드높였다.

풀페스트를 수호하기 위한 빛을 부디 이곳에. 이 나라에 사는 작은 생명에게 살아갈 수 있는 기적을.

『루피나 풀이 필요해. 그러니 부탁이야, 제발——《봄빛》을!』

목소리에 화답하듯, 우산이었던 내 모습은 방패로 돌아왔다.

그리고 나는 천천히 빛을 발하기 시작했다.

"——……."

아크가 숨을 삼키며 나를 바라보았다.

부드러운 빛은 점점 커지더니 맨 먼저 내리는 눈을 막았다. 그 다음 숲속에 흘러넘쳐—— 천천히 눈을 녹였다.

"세상에……."

링의 혼잣말이 흘러나왔고, 달리아도 눈을 크게 뜨고 주변을 바라보았다.

녹아내린 눈 사이로 보인 것은 태양——이 아닌 커다란 보름달.

그리고 지면에서 처음으로 모습을 드러낸 건 추위에 강한 스노드롭. 흰 눈에 살짝 몸을 숨긴 채, 작은 얼굴만을 빼꼼 내밀었다.

그리고 나는 새빨간 포인세티아를 보고 놀랐다. 빼어난 발색을 자랑하는 자태는 눈이 녹은 이 환상적인 광경을 한층 더 매력적으로 만들었다.

내가 발한 봄빛으로 눈에 빛이 반사되어 반짝였다.

"하미아."

『아크!』

"혹시 아직 마력 포인트 남았어? 원래는 성으로 돌아가서 말하려고 했는데…… 샤르단의 자료에 이런 문장이 있었어……."

그렇게 말하면서 아크가 자료의 내용을 가르쳐 주었다.

" '풀페스트에선 방주(方舟)가 봄의 기적을 내릴 것이다'."

이건 너의 힘을 가리키는 것 같다는 아크의 말을 듣고 그럴지도 모르겠다고 생각했다. 하지만 내게 방주라는 기능은 없다. ──하나 작은 가능성이라도 있다면…….

아크의 말을 듣고 나는 서둘러 시스템 메뉴를 확인했다.

《녹왕의 방패: 시스템 메뉴》
  마력 포인트: 92,700

《마력 포인트 메뉴》
  트랜스 기능 추가: 30,000

《사용 가능 시스템》
  트랜스
   · 미니멈: 1,000
   · 우산: 2,000

틀림없이 트랜스 기능일 거란 말이지.

필요한 마력 포인트는 3만. 충분히 보충할 수 있기에 시스템을 추가했다.

《사용 가능 시스템》

트랜스

· **미니멈**: 1,000

· **우산**: 2,000

· **방주**: 3,000

응, 사용하기 위한 마력 포인트도 문제없어. 좋았어!

『아크, 간다!!』

"응!"

『《트랜스: 방주》!!』

내가 풀페스트 전체에 닿기를 바라는 마음으로 외치자, 방패에서 몇 사람이 탈 수 있는 작은 방주로 모습이 바뀌었다.

방패에 있던 것과 똑같은 날개가 달렸고, 식물 문양이 새겨져 있어서 귀여웠다.

《광합성으로 충전한 연료를 사용하여 가동: 남은 시간 30분.》

오오오오오오오오오!!

이제껏 그냥 지나쳤는데, 광합성으로 충전한 에너지는 이때 사용하는 거였구나. 노크타티와 샤르단에서 쭉 광합성을 ON 으로 해 놨는데…… 가동 시간이 30분밖에 안 된다니 꽤 혹독한걸.

『나와 아크가 하늘에서 풀페스트를 비출 테니까 링은 약초를 찾아!』

"알겠어!!"

나는 아크만 방주에 태워 하늘 높이 날아올랐다.

"──앗!"

부웅 하고 단숨에 고도를 높이자 아크가 숨을 삼키는 소리가 들렸다.

왜 그러나 싶었는데 곧 이유를 알아차렸다. 고도가 높아지면 기온도 낮아진다. 지상에 있을 때보다 차가운 공기가 아크를 덮친 것이다.

『미안해, 아크! 춥지……?』

"괜찮아. 잠깐 차가운 공기가 닿았던 것뿐이야. 지금은 하미아가 사용하는 봄빛 덕분에 몸이 따뜻해졌어."

『다행이다……!』

아크의 말에 나는 안도하며 스스로를 진정시켰다.

다시금 상공에서 풀페스트를 내려다보았다.

『사방이 은세계네.』

"응. ……하지만 하미아의 빛에 눈이 조금 녹아서 초목이 얼굴을 내밀었어."

아크는 "봐, 저기에 꽃이 피었잖아……."라고 말하며 웃었다.

"하늘에서 내 나라를 내려다보다니, 형님들도 이런 경험은 못 해 봤을 거야."

『응, 분명 못 해 봤을 거야.』

아크의 말에 힘차게 동의했다. 우리는 지금, 누구나 원했지만 불가능했던 일을 달성하려고 한다.

　눈이 쌓인 깊은 숲에서 봄의 향기가 넘실대는 것을 느낄 수 있다. 눈이 사라진 곳엔 아주 조금 풀이 자라났고 가끔 약초가 얼굴을 내밀었다.

　──하지만 모든 눈이 녹는 건 아니구나.

　봄빛으로 단번에 구름을 걷어 버리고 눈을 녹여 봄의 나라를…… 불러오겠다는 생각은 역시 욕심이 과했던 모양이다.

　하지만 숲은 아주 조금 내 기대에 부응해 주었다.

　『으, 아아아아! 굉장해, 굉장하다고, 아크!!』

　내 빛을 받아 초목이, 약초가 성장했다.

　움츠리던 몸을 쭉 펴듯이 잎을 크게 펼치며 봄빛을 온몸으로 받아들이려고 했다.

　일반 풀은 살짝 건강해진 정도에 그쳤다. 하지만 약초만은 계속 성장했다. 아마도 성장에 필요한 마력을 나나 다른 어딘가에서 얻게 된 모양이다.

　쑤욱 쑤욱 성장한 약초에 이윽고 작은 꽃봉오리가 생기더니 커다란 꽃을 피웠다.

　──앗?

　『꽃이 피었잖아?』

　"이거, 루피나 풀이야……."

　『뭐?』

　아크가 눈을 크게 뜨면서 말했다.

"평범한 약초였던, 이게······?"

다시 말해.

"평범한 약초가 다 자란 것이, 루피나 풀이라고?"

『전부, 똑같은 약초란 소리야?』

아크와 나의 말에 링이 수긍했다.

설마 그런 줄은 꿈에도 몰랐다. 당장 채집할 생각으로 지상에 내려가려는데 링은 벌써 루피나 풀을 몇 줄기 들고 있었다.

역시 동작이 빠르다.

"······하미아, 이대로 수도까지 날아갈 수 있겠어?"

『어? 아, 그렇구나······ 오늘 밤이 고비랬지.』

약초를 들고 느릿느릿 걸어가면 제시간에 갈 수 없다. 나는 힘차게 고개를 끄덕이고서 맡겨 달라고 호언장담했다. 반드시, 기필코 제시간에 도착할 테니까.

『링, 풀페스트의 수도까지 돌진할게!』

"뭐어어어어?!"

방주가 된 나는 급하강했고, 아크가 링의 팔을 잡아 방주에 태웠다.

아, 가는 길에 마을에 맡겼던 남자아이도 데리고 가야겠네.

나는 마을 상공까지 날아올라 조금 전의 남자아이를 찾았다.

돌과 나무로 만들어진 집이 수십 채 정도 이어진 작은 마을.

봄빛을 사용한 까닭에 무슨 일인가 싶어서 마을 사람 모두가 집 밖으로 나와 있었다. 저마다 놀란 표정으로 나를 보면서 저건 대체 뭐냐고 소리쳤다.

하지만 지금은 그런 걸 신경 쓸 여유가 없다.

──아까 그 남자아이는 어디 있는 거지?

나는 시선을 고정시켜 지상을 바라보았고── 마침내 찾았다. 링을 형이라고 부르는 고아원 아이다.

나는 조금 전에 링을 방주에 다시 태울 때처럼, 단숨에 방주의 고도를 낮추었다. 하지만 이대로 내려가면 마을 사람과 부딪치고 말 것이다.

남자아이가 사람들에게서 조금 떨어져 주면 좋겠는데. 그런 생각을 하고 있을 때, 링도 똑같은 생각을 한 모양이다. 남자아이의 이름을 부르면서 "이리 와!!"라며 소리쳤다.

그 목소리를 듣고 남자아이가 반사적으로 달려왔다.

"링 형!!"

『나이스 캐치!!』

링이 남자아이를 제대로 붙잡은 것을 확인하고, 나는 다시 고도를 높였다. 단번에 하늘을 달려 마을로 날아가지 않으면 늦어 버린다.

아이의 목숨은 물론이고, 광합성으로 보충한 시간이 이제 20분 정도밖에 남지 않았기 때문이다.

──속도가 얼마나 나올지는 모르겠지만, 힘을 내야 하는 타이밍이다.

나는 속으로 스피드 업을 되뇌면서 단숨에 풀페스트로 향했다.

"이제 괜찮아. 약초를 찾았으니까. 곧 도착할 거야."

"……아! 정말? 고마워, 링 형."

순간 남자아이의 눈에서 왈칵 눈물이 쏟아져 내렸다. 머리를 링에게 비비면서 꽈악 끌어안았다.

타임 리미트는 앞으로 20분.

『단숨에 날아갈 테니까, 꽉 붙들어!!』

멀리, 더 멀리, 무엇보다, 누구보다, 바람보다 빠르게.

마음속으로 필사적으로 기합을 넣으면서 나는 마을로 향했다.

다행히 스피드는 내 의지력으로 유지할 수 있었다. 아니, 정확히 말하면 마력 포인트를 소비하면 할수록 속도가 높아지는 시스템이었다.

평소였다면 아깝다며 소리쳤겠지만, 지금은 그런 걸 신경 쓸 여유가 없다.

마을 상공에 도착한 것은 딱 20분 후였다.

지금은 아직 밤인데도 불구하고 아까 그 마을과 마찬가지로 많은 사람이 집 밖으로 나와 있었다. 눈이 그치고, 구름이 없는 하늘을 올려다보며 그저 망연히 서 있었다.

──눈물을 흘리면서 기뻐하고 있어.

그 모습을 보고 내 가슴이 죄어들었다.

"그건 그렇고 엄청 눈에 띄거든."

"아하하, 이것만큼은 나도 어쩔 수 없어."

솔직히 숨고 싶다. 아크와 링의 말에 난 지상에서 눈을 돌리고 싶었다. 봄빛을 사용한 나는 아직도 번쩍번쩍 빛났기 때문이다.

열을 내는 내 빛은 눈을 조금 녹이긴 했지만 그게 다다. 계속 사용할 수 있다면 봄이 될지도 모르겠지만…… 마력 포인트 소비가 극심해서 계속 쓰기란 어렵다.

『곧장 고아원으로 가도 될까?』

"응."

내가 아크에게 묻자, 물론이라며 바로 대답했다.

지상으로 내려가면 틀림없이 사람들이 모여들 테지만 아크는 이미 다 알고 있겠지?

나보다 훨씬 앞날을 내다보며 생각할 줄 아는 아크니까 최악의 경우도, 최선의 경우도 염두에 두었을 거라 생각한다.

──나도 마음을 단단히 먹어야겠어!

엄청 눈에 띄지만 지금은 약초를 전달하는 것이 최우선이니까.

고아원에 천천히 내려앉자, 아이들과 근무하는 몇몇 어른이 일제히 다가왔다.

잠에서 깬 듯 눈을 비비는 아이, 눈을 크게 뜨는 아이 등 반응이 각양각색이었다. 어른이 곧바로 나서서 "조심성 없이 다가가면 안 돼."하고 아이들을 말리느라 당황하며 진땀을 흘렸다.

"괜찮아."

"어라? 넌 링이잖아!!"

방주에서 처음 내린 사람은 링.

링은 위험한 게 아니라고 말하면서 조금 전에 얻은 루피나 풀을 보여 주었다.

"링 형이 찾아 줬어!!"

"너, 멋대로 고아원을 나가면 어떡하니!!"

남자아이가 방주에서 내리자마자 설교가 시작되었다. 가엾긴 했지만 위험한 짓을 했으니 어쩔 수 없다.

"여긴 됐으니 어서 가 봐."

"그래! 고마워, 하스티아크."

링이 고아원 안으로 들어갔고 아이들도 그 뒤를 따랐다.

나는 광합성으로 충전했던 에너지를 전부 소진해 버려서 방패 모습으로 돌아와 실체화를 ON 상태로 바꾸었다. 지금은 아크 가 혼자라 불안할 것 같아서.

──실체가 있는 편이 아크를 가까이에서 느낄 수 있으니까.

『아크.』

"응."

난, 아크의 방패…… 내 본체 위에 편히 앉았다.

아직 빛이 사그라지지 않은 본체는 아크를 중심으로 눈을 녹이고 있다. 이 일련의 상황을 만든 이가 아크임을 일목요연하게 보여 주었다.

빌프레드 왕자와 크리스는…… 아직 샤르단에 있을 것이다. 그렇다면 이곳에는 누가 오는 거지? 기사들이 와서 국왕에게 데리고 가는 걸까.

딱히 나쁜 짓을 한 것도 아니니 당당하게 행동하면 된다.

하지만 내 예상은 빗나갔다.

한 시간 정도 흘렀을 때── 빛의 정체를 보려고 모여든 사람들이 썰물처럼 물러서면서 길을 만들었다.

그 중앙에 선 사람은 아크의 아버지—— 국왕이었다.

진홍색 망토에 흰색을 바탕으로 금빛 자수가 들어간 화려한 옷차림. 머리에 쓴 왕관은 이곳 풀페스트의 왕이라는 것을 나타내 주었다.

봄빛으로 기온이 다소 오른 탓에 외투는 걸치지 않았다.

그래서인지 국왕의 근엄함이 돋보였다.

국왕은 우선 아크를 바라본 후, 주변을 둘러보았다.

이어서 하늘을 바라보았다.

그리고 마지막으로 그 시선이 나를 향했다.

눈이 녹은 모습을 보고 국왕은 대체 무슨 생각을 했을까.

"하스티아크. 설마 네가 정말로…… 내가 하고 싶었던 일을 해낼 줄이야."

"……네."

——국왕의 눈에 어렴풋이 눈물이 차올랐다.

그 눈물에서 진심 어린 환희의 감정이 느껴져서 보는 나까지 가슴이 뭉클해 눈물이 흐를 것만 같았다.

아아, 하지만.

주변에 있는 마을 사람들은 모두 눈물을 흘리며 이쪽을 보고 있다. 작은 목소리로 아크의 이름을 부르며 고맙다고 하는 인사가 여기저기에서 들려왔다.

"……그 방패에게서 이 힘이 나온 것인가?"

"네. 하미아는 저의 자랑입니다."

"그렇군. 정말 어렸었는데 어느새 이렇게나 훌륭히 자랐구나."

아이들의 성장은 눈 깜짝할 새라 부모는 도저히 따라갈 수 없다며 국왕이 웃었다.

응, 나도 아크의 성장 속도가 너무 빨라서 못 따라가겠어. 그 부분은 완전히 동감이라 나도 웃고 말았다.

"하스티아크! 이제 괜찮아—— 앗."

"링! 아이의 병세는 좀 나아졌어?"

"응."

링이 고아원 안에서 뛰어나오다가 국왕을 보더니 곧바로 발걸음을 띡 멈추었다.

——다행이다, 약초가 효과가 있어서.

국왕의 시선이 아크에게서 링으로 옮겨갔다. 평가라도 하는 듯 눈동자를 가늘게 뜨더니 입을 열었다.

"네가 하스티아크의 기사로구나. 눈빛이 참으로 올곧아. 하스티아크가 훌륭한 기사를 뒀어. 앞으로도 잘 부탁하마."

"네."

링은 천천히 예를 표하고 아크의 뒤로 물러섰다.

『사람들이 정말 많이 몰렸네.』

『응, 엄청 많이 모였어……』

국왕이 와서 그런지 처음에 모였던 사람의 배 이상, 아니, 마을 사람 모두가 이곳에 모인 게 아닐까 하는 생각이 들 정도다.

나는 달리아의 말에 쓴웃음을 지으면서 대답했지만—— 내심 굉장히 들떴다.

사람들이 이 기적을 일으킨 이가 누구냐고 외치고 있다.

시스템 기능을 사용한 건 나지만, 그것을 실행하기 위해 노력

한 것은 아크다.

『앞으로가 중요해. 건투를 빌게, 녹왕.』

『뭐?』

『한번 봄을 알아 버린 국민은 이제 겨울뿐인 세계로는 돌아갈 수 없어.』

달리아의 말이 내 가슴 속 깊은 곳에 쿵 하고 내려앉았다.

그것은 분명, 아크와 링도 마찬가지일 것이다. 국왕이 있으니 겉으로는 아무 일도 없는 듯 행동하지만 그 말의 무게는 제대로 전달되었을 것이다.

나는 다시 한번 모여든 사람의 얼굴을 바라보았다.

환희가 흘러넘쳤고, 누구랄 것 없이 행복함을 온몸으로 외치고 있었다. 눈이 사라진 땅의 흙을 그러쥐는 사람, 주저앉아 우는 사람, 아크의 이름을 줄곧 외치는 사람.

우리는 이 사람들의 희망이 된 것이다.

──아크가 질 짐으로는 너무…… 무겁다.

꿀꺽 숨을 삼켰다. 압박감에 짓눌릴 것만 같다. 가슴을 꽉 틀어잡혔을 때의 숨 막히는 감각이다.

"괜찮아, 하미아."

『……음, 아크.』

"내가 전부 짊어질 테니 하미아는 쭉 내 곁을 지켜 주면 돼."

그러면 쓰러지지 않을 테니까.

아크가 그리 말하고 손끝으로 내 볼을 어루만졌다.

부드럽게 미소 짓는 아크의 얼굴은 어딘지 모르게 아련했다.
──동시에 지금까지 보아 온 모습 중에 가장 늠름했다.
봄빛을 사용하라고 했을 때, 분명 이러한 상황까지 각오했을
것이다. 자신이 짊어져야 하는 것을 줄곧 생각했던 것이다.

그러면, 그러면…… 내가 할 대답은 한 가지밖에 없잖아!!
『당연하지! 아크를 지키는 건 파트너인 내 역할이니까!!』
이건 아무에게도 양보하지 않겠다고 목소리 높여 선언했다.
풉 하고 웃은 아크가 "꼭 그렇게 해 줘."라며 봄보다 따스한
미소를 지었다.

내가 사용한 봄빛은 그 후 점점 빛을 잃어…… 아침이 오기 전
에 효력이 사라졌다.
빛이 영영 안 꺼지면 어쩌나 하고 걱정했었는데 빛이 꺼져서
솔직히 안도했다.
모여든 사람들은 아쉬운 얼굴로 아크를 바라보고 있지만.

지금 내가 있는 곳은 풀페스트 왕궁에 있는 아크의 방.
물건이 많지 않은 방이라서 평소에는 왠지 모르게 쓸쓸하게
느껴지지만── 지금은 포근한 느낌이 든다.

정식 기사가 된 링에게도 방이 배정되어서 링은 그곳에서 쉬고 있다.

"오늘은 참 많은 일이 있었어."

『응.』

"아직도 가슴이 두근거려."

목욕을 마치고 나온 아크는 침대로 파고들면서 "잠이 안 올 것 같아."라고 했다. 내일은 국왕께 오늘 있었던 일을 보고해야 하니 일찍 잠자리에 들어야 하는데.

──하지만 이해한다.

구름이 사라지고, 눈이 멈추고, 쌓인 눈이 녹아내렸으니── 진정하라는 게 오히려 이상할지도 모른다.

『하지만 모든 눈이 녹은 건 아니니까.』

"그렇지……. 크리스털의 힘도 구름을 물러가게 하는 정도였으니까. 분명 하미아에게는 훨씬 많은 힘이 잠들어 있을 거라고 생각해."

아크가 나를 굉장하다고 칭찬해 주었다.

그래서 나는 굉장한 건 아크라고 대답하며 웃었다.

"구름이 걷혔으니까 아침이 되면 태양이 솟아오르겠지? 풀페스트에서 태양을 볼 수 있다니, 꿈만 같아."

『하긴, 지금까지 계속 눈만 내렸으니까.』

지금은 별이 쏟아지는 하늘과 아름다운 달이 보인다.

아크가 창을 통해 밖을 바라보며 눈이 그쳤다고 말한다. 그 한마디에서 아크가 얼마나 기뻐하는지가 느껴졌다.

──앞으로 계속 눈이 안 내리면 좋으련만.

그런 생각을 하고 말았다.

하지만 분명 그건 어려울 것이다. 내 본능이 어디선가 그렇게 외치는 게 느껴진다. 내 안에서 명확한 대답이 나온 건 아니지만 알 수 있다.

심히 모호한 표현이지만 달리 표현할 길이 없다.

잠시 후, 아크의 규칙적인 숨소리가 내 귀에 닿았다.

『오늘, 정말 수고 많았어.』

잠이 안 올 것 같다고 말은 했지만 몸은 솔직하니까.

나는 아크의 앞머리를 쓸어 올린 후, 슬쩍 드러난 어깻죽지에 모포를 끌어당겨 덮어 주었다.

『잘 자, 아크. 좋은 꿈 꿔.』

실체화가 가능해진 뒤로, 나는 가끔 아크가 자는 동안 조금씩 움직이면서 운동을 한다.

평소에는 두 발로 걸을 일이 없어서 방 안을 빙글빙글 돌기만 해도 충분히 재밌다.

창문까지 걸어가 살며시 밤하늘을 올려다보았다. 보름달이 내게 미소를 짓는 것만 같은 생각이 들어 밤하늘을 바라보는 내가 조금 부끄러웠다.

왜냐하면 나는 그렇게 낭만적인 성격이 아니니까…… 내게 어울리지 않는다.

『아…… 눈이다.』

하늘에서 내리기 시작한 익숙한 그것에 나는 눈길을 빼앗겼다.

어쩌면 또 지금까지와 다름없는 풀페스트로 돌아가 버릴지도 모른다. 그러한 불안감이 뇌리를 스치고 지나갔다.

 가만히 내리기 시작한 눈을 노려보다가 나는 눈치챘다.

『하지만 보름달과 별이 보여.』

 온통 구름으로 뒤덮인 풀페스트로 돌아간 것은 아니었다.

 ──그래, 크리스털 파편을 손에 넣어서 완전한 크리스털의 힘을 얻었으니까. 이제 구름이 일 년 내내 풀페스트의 하늘을 뒤덮진 않을 거야.

 ──지금 나는 풀페스트에 찾아온 일시적인 봄일지도 모른다. 하지만 그것은 사람들에게…… 한줄기 희망임이 분명하다.

번외편   너에게 어울리는 색을

―――시점: 하스티아크

『후훗, 귀엽다! 방패지만 귀여움이 업그레이드됐어!』

내가 선물한 리본을 거울로 몇 번이나 쳐다보면서 하미아가 만족스럽게 웃었다.

목 뒤로 묶었기 때문에 빙글빙글 돌면서 뒷모습을 보거나 몸을 비틀어 다양한 각도에서 보려는 모습이 귀엽다.

"마음에 들어서 다행이야."

이 리본을 샀을 때를 떠올렸다.

그것은 아직 하미아가 크리스털 드래곤의 공격을 받아 잠들었을 때였다.

풀페스트 거리를 걷는데 쇼윈도에서 발견한 빨간색 무언가에 눈길을 빼앗겼다.

――하미아에게 잘 어울릴 것 같아.

하늘색 지붕을 인 커다란 창문 사이로 귀여운 리본과 레이스,

소품 등이 잔뜩 보였다.

　손에 든 하미아를 슬쩍 바라보았다. 중앙에 왕관이 그려진 멋있는 방패이지만 그 속에 잠든 것은 무척 귀여운 여자아이라는 걸 안다.

　인간으로 변했던 것은 한순간이라, 하미아가 또 인간의 모습으로 변할 수 있을지는 모르겠다.

　그리 생각하면서도 정신을 차렸을 때는 이미 가게 안이었다.

　"어서 오세요."라는 점원의 목소리를 흘려들으면서 곧장 조금 전에 보았던 귀여운 빨간 리본이 있는 곳으로 향했다.

　그것을 집어 들고 망설임 없이 사기로 결심했다.

　"사 버리고 말았어……."

　평소에 쇼핑은 안 즐기는 내가 충동적으로 물건을 샀다는 사실에 조금 놀랐지만 예쁘게 포장한 꾸러미를 보니 흐뭇했다.

　왼손에 든 방패—— 하미아와 번갈아 보면서 언젠가 건네줄 날이 오면 좋겠다고 생각했다.

　"일단, 언제든지 건넬 수 있도록——."

　"뭘 건네주는데?"

　"앗! 링!!"

　뒤에서 링이 내 목에 팔을 감으면서 평소에 잘 가지 않는 가게에서 나오는 걸 봤다고 웃으며 말했다.

　링은 신출귀몰해서 곤란하다. 가게에서 나오는 장면을 봤다고 했는데, 어쩌면 내가 가게로 들어가는 장면부터 보았을지도 모른다.

"뭘 산 거야?"

"……리본이야."

"그래?"

내가 그리 대답하자 링은 방패 쪽으로 시선을 옮겼다.

……누구에게 줄 건지는 말 안 했는데. 하긴, 내가 하미아를 소중히 여기는 건 링도 알뿐더러 나한테는 선물을 줄 영애도 없다.

"하스티아크가 이렇게 여성스러운 가게에서 쇼핑이라니."

히죽이면서 날 쳐다보는 링은 재밌어하는 게 분명하다.

아아, 정말이지 이런 곳에서 목격할 줄은 생각도 못 했다. 운도 참 없다.

……하미아에게 건네주면 분명 링이 또 놀릴 게 뻔해서 마음이 무거웠다.

"가게로 들어가자마자 나오던데?"

"역시 처음부터 다 봤구나……!"

어차피 말을 걸 생각이었다면 들어가기 전에 하지, 왜 하필 내 동향을 다 살핀 후에 하는 걸까?

링은 자기도 바쁘다고 하지만 실은 절대 바쁘지 않을 것이다. 바빴다면 내게 아는 척을 할 틈도 없었을 테니까.

"못 말려……. 하미아에게는 비밀이야."

"그래. 뭐, 난 방패와 대화를 할 수 없으니까."

그야 그렇지만, 하미아는 링의 목소리를 들을 수는 있다. 일방적으로 링이 무슨 말을 해 버리면 전부 들키고 만다.

"걱정하지 말래도. 너의 깜짝 선물에 찬물을 끼얹을 생각은 없으니까."

하하 웃으면서 링은 일이 있다고 가 버렸다.

"아, 정말이지……."

아무에게도 말 안 하고 하미아에게 선물할 생각이었는데.

그래도 링은 하미아에게 비밀로 해 주었다.

뭐, 선물을 준 후에 다 밝혀 버리긴 했지만…….

하지만 히죽이면서 나를 바라보는 건 좀 너무했어.

링은 종종 "언제 줄 거야?"라며 장난을 쳤었다. 인간이 된 하미아에게 주려고 샀다는 것까지는…… 분명 생각지 못했을 것이다.

──방패가 인간으로 변신한다…… 일반적으로는 생각할 수 없는 꿈만 같은 이야기니까.

거기까지 생각이 못 미치는 것도 이해가 간다.

하지만.

나는 어쩔 수 없이 하미아에게 기대를 하고 만다.

『아크! 봐, 길이가 길어서 이대로 앞에서 묶어도 귀여워!』

"…………!"

하미아가 리본 끝을 잡아 배 쪽에서 나비 모양으로 묶고는 함박 미소를 지었다.

하미아는 자기도 모르게 입을 다물어 버린 나를 들여다보고 『왜 그래?』라고 말하며 고개를 갸웃거렸다.

그 모습이 귀여워서 나도 모르게 할 말을 잃고 말았다는 건, 아무에게도 말할 수 없다.

"하스티아크, 귀까지 빨개졌는데?"

"──윽!!"

링의 말을 듣고 귀와 얼굴을 감추듯 팔로 가렸다. 즐겁게 하하하 웃는 링의 목소리를 듣고 발끈한 건 이게 처음일지도 모른다.

아아── 어서 봄이 왔으면 좋겠다.

후기

안녕하세요, 푸니입니다. 무사히 『녹왕의 방패와 한겨울의 나라』 제2권을 발매했습니다.

책을 구매해 주셔서 감사합니다. 1권과 달리, 겨울뿐만 아니라 다른 녹왕의 세계도 선보였습니다. 무엇보다 하미아가 실체화했기에 조금은 분위기가 화려해졌습니다. 물론 아크도 충분히 귀엽긴 하지만요……! (^^)

담당 편집자 A님. 스토리 전개가 웹 연재 때와 달라졌는데도 개의치 않고 상담에 응해 주셔서 감사합니다! 함께 책을 만들 수 있어서 기쁩니다.

일러스트를 담당해 주신 히하라 요우 님. 성장해서 어른스러움을 풍기는 아크와 링, 다양한 표정의 하미아 등 귀엽고 멋진 일러스트를 그려 주셔서 감사합니다.

또, 본 작품에 참여하신 모든 분, 이 책을 구매해 주신 여러분께 진심으로 감사 인사를 드립니다. 감사합니다.

푸니짱

녹왕의 방패와 한겨울의 나라 2

2022년 03월 15일 제1판 인쇄
2022년 03월 25일 제1판 발행

지음 푸니짱
일러스트 히하라 요우

옮김 조아라

발행 영상출판미디어(주)
등록번호 제 2002-000003호
주소 21315 인천광역시 부평구 부평대로 283 A동 702호
전화 032-505-2973(代) | FAX 032-505-2982

ISBN 979-11-380-1112-9
ISBN 979-11-380-0974-4 (세트)

RYOKUOU NO TATE TO MAFUYU NO KUNI Vol.2
ⓒPunichan, Yoh Hihara 2017
First published in Japan in 2017 by KADOKAWA CORPORATION, Tokyo.
Korean translation rights arranged with KADOKAWA CORPORATION, Tokyo.

구매 시 파손된 도서는 구매처에서 교환하실 수 있습니다.
기타 불편사항, 문의사항이 있으신 독자님께서는 노블엔진 홈페이지
[http://novelengine.com] 에서 Q&A 게시판을 이용해 주시기 바랍니다.

쌍둥이 언니가 신녀로 거둬지고, 나는 버림받았지만 아마도 내가 신녀다
1

'신에게 사랑받는 아이가 탄생했다.'
신탁을 받은 나라가 찾은 것은 항상 떠받들리는 언니와 항상 구박받는 여동생.
그렇게 언니가 '신녀'로 모셔지면서 가족들에게 버림받은 '레룬다'지만——
놀랍게도, 숲에서도 복슬복슬한 그리폰 가족과 함께 살게 되었습니다?!
"난 특별하지 않은데, 괜찮아……?"
마물과 살고, 수인과 교류하면서 신비한 힘에 눈뜨는 레룬다.
어쩌면 진짜 '신녀'는——?

이케나카 오리나 지음 / 컷 일러스트

악역영애 레벨 99
~히든 보스는 맞지만 마왕은 아니에요~
1~4

RPG 스타일 여성향 게임에서 엔딩 후에 엄청 강하게
재등장하는 히든 보스, 악역영애 유미엘라로 전생했다?!
그것도 모자라 초반부터 레벨업에 몰두해 입학 시점에서 레벨 99를 찍고 말았다!!
평화로운 일상은 바이바이~ 사람들은 무서워하고, 주인공 일행들은
아예 부활한 마왕이라고 의심하는데……?!

아무튼 내가 최강이니 아무래도 좋은 마이 페이스 전생 스토리!

Satori Tanabata, Tea
KADOKAWA CORPORATION

타나바타 사토리 지음 / Tea 일러스트

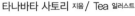